JULES SAINT-CRUZ
LA LAURIE – PURPURNE HERZEN

AF145559

Jules Saint-Cruz

LaLaurie

Roman

Teil 3:

Purpurne Herzen

www.lustzeilen.de

Vollständige Taschenbuchausgabe Juli 2015
© 2014 Jules Saint-Cruz / Juliane Käppler
Umschlagsgestaltung: Andreea Barbulescu
Coverimage: conrado/ www.bigstockphoto.de
Herstellung und Verlag: BoD - Books on Demand, Norderstedt

Handlung und Personen sind frei erfunden.
Eventuelle Ähnlichkeiten mit existierenden Personen sind
zufällig und nicht beabsichtigt.

ISBN: 978-3-7347-84750

All that we see or seem
Is but a dream
within a dream

(Edgar Allen Poe)

KAPITEL 1

Ein Albtraum!

Nichts als ein fieser Albtraum war das – mit dem Unterschied, dass es kein Erwachen gab. Tara war schon wach. Sie musste sich das nur immer wieder bewusst machen.

Sie wusste nicht, wie lange sie schon da hockte, mit dem Rücken an der Wand, den Blick hinter den Fensterscheiben im Nirgendwo. Das Haustelefon hatte einige Male geklingelt und irgendwo, weit weg, summte auch ihr Handy. Die Geräusche waren unterhalb ihres Bewusstseins verklungen, wohin ihr Geist während dieser ungewissen Zeit geflohen war. Jetzt kehrte er zurück, rauschte wie ein Sturm durch ihren Kopf und wisperte Juliens Worte, so lange und immer lauter, bis sie verständlich wurden.

Tara quälte einen Laut aus der Kehle und stemmte sich hoch. Ihre Beine fühlten sich wie gelähmt an, weil sie im Hocken zu wenig durchblutet worden waren. Auf noch halb tauben Füßen taumelte sie zum klingelnden Telefon und sah auf das Display. Ihre Hoffnung wurde enttäuscht. Es war nicht Julien, der anrief – irgendeine unbekannte Nummer wurde angezeigt.

Tara zog die Strippe aus der Dose, ließ sie fallen und stand dann im Zimmer, ohne zu wissen, wohin sie gehen oder was sie tun sollte. Keinen Gedanken konnte sie fassen, denn Juliens Worte vertrieben sie alle. Eine Pause hatte er gewollt und als sie ihm gesagt hatte, dass sie nicht pausierte, hatte er Schluss gemacht. Einfach so. Am Telefon. Mit einer Stimme, die nicht wie seine eigene geklungen hatte. Diesen Ton hatte Tara nie von ihm gehört. Kalt, distanziert, gleichgültig, als würde ihm seine Entscheidung gar nichts ausmachen.

Den Streit vom Vortag zum Anlass zu nehmen, war lächerlich, harmlos wie der gewesen war. Doch schon gestern war Julien merkwürdig schnell zurückgewichen, gar nicht um eine rasche Versöhnung bemüht.

Tara begann zu zittern, als sich ihre Gedanken verselbstständigten und ihr verschiedene Möglichkeiten für Juliens Verhalten aufzeigten. Sie wollte gar nicht hinein, in diese Mühle, denn sie wusste, dass sie das Talent hatte, sich die absurdesten Geschichten real zu denken, war aber doch schon mittendrin. Nur Sekunden des Grübelns genügten. Tara spürte das Kribbeln in den Nebenhöhlen und versuchte gar nicht erst, die

8

Tränen aufzuhalten. Viel zu kräftig war deren Strom. Ihr wurde so kalt, dass sie die Arme um den Oberkörper schlang, doch Wärme brachte das nicht. Das Zittern wurde stärker. Von den Armen breitete es sich über die Schultern aus und kroch in ihre Brust. Weil sie falsch geatmet hatte, schnürte sich ihre Kehle zu und ließ kaum noch Luft durch. Tara keuchte und stolperte zu einem Sessel, plumpste hinein und versuchte sich zu beruhigen, wieder zu Atem zu kommen. Dabei fiel ihr Shadow ein, und die dumpfe Ahnung, den alten Kater nie wiederzusehen, brachte mehr Tränen. Er hätte sie jetzt trösten wollen, wäre auf ihren Schoß gesprungen, um sie aus seinen gelben Augen anzublinzeln. Sie hätte ihn an sich gedrückt und das Gesicht in seinem Fell verborgen.

Sie war nicht bereit für ein Leben ohne Julien, hasste allein die Vorstellung davon. Natürlich, sie hatte ihre Arbeit an der Universität, doch sie wollte nie wieder vom Aufstehen bis zum Zubettgehen dort sein, wie es vor Julien der Fall gewesen war. Ihr graute vor dieser Normalität.

Ein Klingeln holte sie aus ihren Gedanken. Von der Haustür kam es diesmal. Der Schreck stellte den Schmerz kurz stumm, und eine neue Hoffnung ließ sie aus dem Sessel schnellen und zum Fenster im Flur schleichen. Wiederum wurde sie enttäuscht, denn nicht Juliens Wagen parkte am Straßenrand, sondern Ethans Pick-up. Tara öffnete nicht. Sie strich sich die Pumps von den Füßen, zog das Jackett aus, trottete zurück ins

Wohnzimmer und warf einen Blick auf ihre Armbanduhr. Es war ausgeschlossen, dass sie heute unterrichtete. Sie musste sich nur noch zum Anruf am Lehrstuhl überwinden.

Ethan klingelte abermals und rief sie, bat sie aufzumachen, weil irgendetwas wichtig war. Was auch immer er ihr Wichtiges mitteilen wollte, war Tara verdammt egal. Sie ging zur Terrassentür, suchte Shadow im Garten und erschrak, als sich der Cop plötzlich hinter der Scheibe aufbaute. Wie immer trug er Jeans und T-Shirt, da er sich als Police Commander in keine Uniform zu zwängen brauchte. Sein kurzes blondes Haar war frisch auf wenige Millimeter gestutzt. Er nahm die Sonnenbrille ab, funkelte Tara scheinbar verärgert aus wachen, blauen Augen an und verzog den Mund, um sich über den verwehrten Einlass zu beschweren, da bemerkte er, dass sie weinte.

Als sie sich abwandte und trollen wollte, schlug Ethan gegen die Scheibe und drohte, diese einzuschlagen, wenn sie nicht aufmachte. Tara rang um Fassung und öffnete die Terrassentür.

»Was gibt's denn?«, fragte sie und zwang sich, Ethan anzusehen, weil sie hoffte, dadurch weniger verletzlich oder unsicher zu wirken.

Tatsächlich war er es, der verunsichert war. Er wusste scheinbar nicht, ob er auf ihren Zustand reagieren oder ihn ignorieren sollte.

»Kann ich reinkommen?«, murmelte er.

Neue Tränen stiegen in Taras Augen. Sie schaffte das einfach nicht, wollte die Tür am liebsten zuschlagen, schüttelte den Kopf. »Ethan, was auch immer es ist, ich kann jetzt einfach nicht, komm später …« Ihre Stimme brach weg.

Sie drehte sich um und presste eine Hand vor den Mund. Ein letzter Versuch, die Traurigkeit für den Moment zu verdrängen, doch die ließ sich nicht kontrollieren. Erst recht nicht, als sie Ethans Berührung spürte. Unbeholfen tätschelte er ihr die Schulter, und zuerst wollte sie ihn zurechtweisen, schließlich hatte er ihr und Julien in den vergangenen Wochen nur Ärger gemacht. Ehe sie sich versah, hatte Ethan sie aber in seine Arme gezogen.

»Schhh«, machte er, als sie schluchzte und brachte sie fester an seinen großen Körper.

Tara gab nach, denn sie brauchte diese Umarmung. Sie wollte gehalten und getröstet werden, von irgendwem, also presste sie das Gesicht gegen Ethans Brust und heulte sein T-Shirt nass. Zuerst fühlte sie sich noch schrecklicher und einsamer, denn in mancher Sekunde glaubte sie, Julien zu umarmen. Dabei roch Ethan anders und fühlte sich, mit all seinen Muskeln, auch anders an. Sogar sein Herz schien in einem anderen Takt zu schlagen. Nichtsdestotrotz wurde sie ruhiger. Die Umarmung wirkte und Taras Tränen versiegten, doch Ethan hielt sie weiter, streichelte ihren Kopf, ihre Wange, ihren Rücken.

Mit seinen Berührungen schrumpfte die Traurigkeit und verschwand schließlich, doch ihr Platz blieb nicht leer. Zuerst kam der Ärger, dann der

Zorn und schließlich der Trotz. Ein starkes, Unruhe stiftendes Trio. Als Ethans Hände tiefer wanderten, stoppte Tara ihn nicht. Sie spürte, dass er eine Erektion bekam, doch statt zurückzuweichen, presste sie ihr Becken gegen seine Lenden und legte die Hände auf seinen Hintern.

In Nullkommanix zog Ethan Taras Bluse aus der Hose, öffnete ein paar Knöpfe und strich das Kleidungsstück über ihre Schultern. Im Ausziehen war er immer schnell gewesen, hatte nicht gern Zeit daran verschwendet. Jetzt beugte er sich herab, um Tara zu küssen. Sie drehte den Kopf zur Seite, und so landete sein Mund auf ihrem Hals. Es machte ihm nichts aus. Während er die Träger ihres BHs von ihren Schultern schob, liebkosten seine Lippen ihre Haut. Fremd und falsch fühlten die sich an, aber Tara verdrängte die Zweifel, trotziger mit jeder Sekunde, auch als Ethan zusammenhaltlose Worte zu murmeln und vor Vorfreude auf den Sex zu ächzen begann.

Ein Geräusch ließ ihn innehalten. Tara sah auf und entdeckte Julien. Er schien gerade gekommen zu sein und musterte sie. Unverhohlenes Entsetzen ließ seine eisgrauen Augen kalt schimmern. Er warf den Haustürschlüssel, den Tara ihm erst vor wenigen Tagen gegeben hatte, auf den Tisch.

»Ich wollte nicht stören«, knurrte er und ging rückwärts wieder Richtung Tür.

Tara bemerkte, dass er T-Shirt, Sweathose und Sneakers trug statt eines Anzugs. Sein dunkles

Haar war zerstruwwelt, als käme er direkt aus dem Bett, seine Wangen waren noch unrasiert. Von allem abgesehen, musste er eigentlich im Gerichtssaal sein. Verwirrt und beschämt trat Tara von Ethan weg und zog die Bluse über ihre Schultern. Noch schneller als der Cop sie geöffnet hatte, knöpfte sie sie wieder zu.

»Bist du nur hergekommen, um mir den Schlüssel zu bringen?«, fragte sie Julien.

Der zuckte mit den Schultern. »Nein, eigentlich nicht.« Er drehte sich um. »Aber bei der Gelegenheit lasse ich ihn lieber gleich da. Macht einfach weiter.«

»Warum reagierst du so beleidigt?«, rief Tara. »Du hast mir gerade den Laufpass gegeben.«

Julien fuhr herum und kam zurück. Er wirkte zorniger auf jeden Schritt. »Wenn dir jemand eine Knarre an den Kopf hält, was meinst du, wie lange du etwas anderes tust, als genau das, was von dir verlangt wird?«

Ethan meldete sich zu Wort. »Ähm, ich würd das gern klarstellen …«, sagte er, doch Julien fiel ihm ins Wort.

»Und Sie halten sich raus, kapiert? Schlimm genug, dass Sie die erstbeste Gelegenheit nutzen.« An Tara gerichtet sagte er. »Und noch viel schlimmer, dass du darauf eingehst. Dir kann nicht viel an uns gelegen haben.«

»Hey, jetzt beruhig dich mal, Kumpel«, dröhnte Ethan und fuhr fort, bevor Julien ihn darin erinnern konnte, dass sie keine Kumpels waren:

»Tara hat Rotz und Wasser geheult als ich herkam. Ich wollte sie bloß trösten und da ist mir wohl eine Sicherung durchgebrannt.«

Tara wollte das jetzt nicht diskutieren, sondern eine Erklärung von Julien. »Dich hat jemand bedroht? Und deshalb hast du mit mir Schluss gemacht? Was ist passiert?«

»Ben ist aus dem Gefängnis ausgebrochen«, presste er zwischen den Zähnen durch. »Das ist passiert. Still und heimlich ist er rausspaziert und bei mir aufgetaucht, um mich zu zwingen, unsere Beziehung zu beenden.«

Tara wollte nicht glauben, was sie hörte. Fassungslos hob sie die Hände vors Gesicht. Sie bekam kein Wort über die Lippen.

»Das wollte ich dir eigentlich mitteilen«, hörte sie von Ethan. »Deshalb war ich hier.«

Sie gab sich einen Ruck und wandte sich zu ihm um, verschränkte die Hände vor der Brust, weil ihr wieder so kalt wurde. »Und statt das zu tun, machst du dich an mich ran?«

Ethan wusste nicht anders zu reagieren, als die Schultern zu heben und wieder fallen zu lassen.

»Lass uns allein«, bat ihn Tara.

Sie ging an Julien vorbei zur Tür, öffnete sie und wartete, dass Ethan kam Er setzte sich in Bewegung, murmelte Julien ein »Sorry, Mann« zu und war wenig später verschwunden. Tara schloss die Tür und lehnte sich von innen dagegen. Sie sah Julien an, begegnete seinem beinahe abfälligen Blick, und dachte über seine Worte nach.

»Was hat Ben davon, dich zu so etwas zu zwingen?«, fragte sie schließlich. »Wieso hat er das riskiert, statt sich zu verstecken?«

Julien kam näher, blieb auf Armeslänge aber stehen, wie um nicht in Versuchung zu kommen, sie zu berühren. Er schob die Hände in die Taschen der grauen Sweathose.

»Weil er ein Sadist ist«, sagte er. »Wahrscheinlich geht ihm einer ab, wenn er dich leiden sieht. Er will dich bestrafen, weil du ihm gegenüber keine Loyalität gezeigt hast. Verdammt gern hätte er mich erschossen, glaubte allerdings, dass es dir mehr Schmerzen bereitet, mich zu hassen als um mich zu trauern.«

Er schien etwas anfügen zu wollen, schluckte die Worte aber. Tara konnte sich denken, dass es ein Kommentar zu ihrer vermeintlichen Schmerzfreiheit war.

»Wenn ich unsere Beziehung nicht beende, wollte er zuerst mich umbringen und dann dich.« Das Grau von Juliens Augen wurde noch eisiger. Die Anspannung erschwerte ihm das Sprechen. »Also hab ich getan, was er verlangt hat und bin, sobald er weg war, wie ein Bekloppter durch New Orleans gedüst, um zu dir zu kommen und alles zurückzunehmen.« Den Rest ersparte er sich.

»Das alles weiß ich aber erst jetzt«, sagte Tara leise, flehentlich. »Ich habe dich ernst genommen, und in der kurzen Zeit, in der dieser Gedanke meine Realität war, bin ich fast irre geworden.«

»Das habe ich gesehen.«

»Nein!« Sie hob die Hand und bedeutete ihm, die Vorwürfe zu lassen. »Ich war verzweifelt, verletzt, vollkommen durcheinander. Ich war nicht ich selbst. Diese eine Stunde war der blanke Horror, verstehst du? Ich hab nicht mal eine Sekunde von Ethans Gesellschaft genossen. Nicht eine. Als ich merkte, was los war, war ich bloß sauer.«

»Also, wenn ich sauer bin, dann lasse ich mich nicht anfassen und …«

»Ach, und das weißt du ganz sicher? Der Mensch, den du über alles liebst, schickt dich völlig unerwartet in die Wüste, aber du behältst einen kühlen Kopf, handelst vernünftig …«

Tara wusste nicht mehr, wie sie es erklären sollte. Ohnehin kam sie sich dämlich vor, schmutzig auch. Sie wollte raus aus den Sachen, die Ethan ihr beinahe ausgezogen hatte. Dass Julien schwieg, sie nur betrachtete, immer noch ohne jede Wärme in der Miene, verunsicherte sie mehr und mehr.

»Ich wäre bestimmt nicht bis zum Äußersten gegangen«, flüsterte sie. »Ich bin mir sicher, mein Verstand hätte sich irgendwann gemeldet.«

Er schnaubte. »Irgendwann, na toll.«

»Rechtzeitig!«, spie Tara aus.

»Wann hattet ihr zuletzt Sex?«, fragte er und verkniff die Augen zu Schlitzen.

Es war so lange her und so unbedeutend, dass Tara sich nicht einmal genau erinnerte. Sie versuchte es aber. »Irgendwann letzten Sommer. Einige Wochen bevor wir uns getroffen haben.«

»Okay, wie auch immer.« Julian stemmte die Hände in die Seiten und senkte den Blick auf den Boden. »Wir haben ohnehin größere Sorgen.«

Tara wollte es dabei nicht belassen. Um Bens Ausbruch konnte sie sich erst Gedanken machen, wenn Julien ihr wieder vertraute. In einem Versuch der Versöhnung streckte sie die Hand aus, um Juliens Hand zu nehmen, doch er wich zurück.

»Du musst mir glauben!«, flehte sie.

»Muss ich nicht. Und ich möchte jetzt auch nicht länger darüber nachdenken.« Er zog sein Handy aus der Tasche und überprüfte die Uhrzeit auf dem Display. »Ich muss zur Staatsanwältin.«

Tara fühlte sich hilflos und wie stumm geschaltet. Ihr Fehler war ihr absolut bewusst, doch es tat ihr auch weh, dass Julien nicht nachvollziehen wollte, in welcher extremen Gefühlslage sie gewesen war. Sie rührte sich nicht, als er sich an ihr vorbeischob, die Tür öffnete und aus dem Haus ging. Ohne einen Gruß, ohne eine Information, wann sie sich sehen würden, ohne seinen Schlüssel mitzunehmen.

Ein Albtraum war und blieb dieser Tag.

Im Wohnzimmer steckte Tara die Telefonstrippe in die Dose und wollte gerade am Lehrstuhl anrufen, um sich für den Tag zu entschuldigen – einen für andere nachvollziehbaren Grund hatte sie mit Bens Überfall auf Julien nun auch – da klingelte es abermals an der Tür. Mit klopfenden Herzen schlich sie durch den Flur und hatte plötzlich Angst, von Ben konfrontiert zu werden – so irrsinnig es auch schien, dass er am helllichten Tag zum Vordereingang kam und klingelte, wo wahrscheinlich jeder Cop in der Stadt nach ihm Ausschau hielt.

»Wer ist da?«, fragte sie und stellte sich schon darauf ein, seine Stimme zu hören.

»Ich«, antwortete Julien. »Mach auf, bitte.«

Tara öffnete, doppelt erleichtert, denn von Juliens Rückkehr versprach sie sich eine gewisse Einsicht seinerseits. Doch Fehlanzeige. Seine Miene war nach wie vor hart, seine Haltung steif und distanziert.

»Pack zusammen, was du brauchst«, murrte er. »Du kommst mit zu mir.«

Den Teufel würde sie tun! Schon gar nicht in diesem Ton. Selbst wenn Jack the Ripper auferstehen und in der Stadt meucheln würde, würde sie nicht mit Julien gehen und stellte das klar.

»Kommt nicht in Frage.«

Julien wurde ungeduldig. Überhaupt zeigte er an diesem Morgen einige Eigenschaften, die Tara bisher nicht an ihm kennen gelernt hatte.

»Ich habe keine Zeit für Diskussionen. Wie gesagt, die Staatsanwältin wartet und ...«

»Dann fahr doch zu ihr!«, fiel ihm Tara ins Wort. »Meinst du ernsthaft, ich quartiere mich bei dir ein? Bestimmt nicht, und ich glaube außerdem nicht, dass Ben noch in der Stadt ist. Er ist ein Egoist. Wir spielen keine so große Rolle, dass er unser Unglück über sein Leben stellt.«

»Darauf verlasse ich mich nicht. Er hat mir angekündigt, uns zu beobachten.«

Sie blieb hartnäckig. »Ich bleibe.«

»Hier ist es nicht sicher. Er könnte sich im Dunkeln über den Garten anschleichen.«

»Hör auf!« Tara mochte es sich nicht einmal vorstellen. Sie war hier zu Hause. Außerdem, wenn der Tag schon ein Albtraum war, wollte sie wenigstens in der Nacht davon verschont sein.

»Du kannst hier nicht bleiben, und zu deinen Eltern wirst du kaum gehen.« Letztere Feststellung verließ seinen Mund mit so viel Hohn, dass sich Taras Entschluss nur festigte. Ohnehin hatte sie gerade nicht schlecht Lust, ihn rauszuschmeißen. Sie war es leid, sich so behandeln zu lassen.

»Zu den LaLauries nicht, aber zu Kat, wenn ich möchte.« Sie öffnete die Tür – eine unmissverständliche Geste. »Susan Birdman wartet. Meld dich, wenn ich wieder die Tara für dich sein kann, die ich gestern noch war.«

Er schluckte und betrachtete sie. Für ein paar Sekunden erwärmten sich seine Eisaugen, dann schüttelte er den Kopf. »Ich lasse dich nicht hier.«

Tara wurde deutlicher. »Geh jetzt!«

»Nein! Es ist zu gefährlich.« Er nickte in Richtung Terrassentür. »Die kann eingeschlagen werden und schon ist man im Haus.«

»So viel sicherer scheint es bei dir auch nicht zu sein. Ben war in deiner Wohnung.«

»Weil ich Idiot ihn hereingelassen habe. Ich werde mit dem Besitzer sprechen und eine Kamera am Eingang installieren lassen. Und jetzt Ende der Diskussion. Wenn du dich weigerst, bleibe ich genau hier stehen, den ganzen Tag lang und in der Nacht, bei offener oder geschlossener Tür. Und wenn du dich weiter weigerst, singe ich. Das schlimmste Lied, das du dir vorstellen kannst. *Henry the Eighth* meinetwegen.«

Das klang doch schon viel mehr nach ihrem Julien. Tara warf die Tür ins Schloss.

»Was ist mit Shadow?« fragte sie.

Seine Miene verlor an Härte, sein Mund entspannte sich. »Er wäre der einzige Grund zu bleiben«, brummte er. »Er ist aber nicht hier.«

»Er könnte jede Minute zurückkommen.«

»Dann sitzt er vor verschlossener Tür und wird sich lautstark melden. Sag deinen Nachbarn Bescheid. Gib ihnen deine Telefonnummer, damit sie dich anrufen, wenn er da ist.«

Tara spürte, wie sie innerlich weich wurde. Sie wollte nicht weiter streiten. Julien hatte Recht, wenn er behauptete, dass sein Loft sicherer war, als ihr Haus, denn es lag in der fünften Etage eines Appartementkomplexes, in den man nicht ohne Weiteres gelangte. Außerdem wollte sie an diesem Abend bei ihm sein und über alles sprechen, den Mist aus der Welt räumen.

Mehr als ein Okay brachte sie gerade noch nicht über die Lippen, doch sie ging ins Schlafzimmer, zog sich um und warf dann relativ wahllos ein paar Klamotten und Kosmetik in eine Reisetasche.

KAPITEL 2

Ben LaLaurie schien das Land verlassen zu haben. Diese Erkenntnis brachte der nächste Tag, ein grässlich verregneter Mittwoch, nach einer merkwürdigen Nacht. Tara und Julien hatten sich das Bett zwar geteilt, aber nicht wirklich beieinander gelegen. Er war bis an den linken Rand gerutscht und sie an den rechten. Nicht ein Wort hatten sie gesprochen. Am Morgen war er früh aufgestanden, hatte die Nachrichten eingeschaltet und beschlossen, sofort ins Büro zu fahren. Tara hatte gewartet bis er weg war, dann erst hatte sie geduscht, sich Kaffee gemacht und die News im TV verfolgt. Müde und schlecht gelaunt war sie zur UNO gefahren, die unglaublichen Details von Bens Flucht im Kopf:

Drei Stunden nachdem Ben Julien den Besuch abgestattet hatte, war eine gewisse Mary Claiborne, die sich bedauerlicherweise erst im Nachhinein als nicht existent herausstellte, nach

Panama City geflogen. Eine Videoaufnahme vom Flughafen zeigte eine dunkelhaarige Frau, die bei professioneller Betrachtung keine Frau, sondern der Gesuchte war. Als die Polizei diesen Schluss gezogen hatte, war die Maschine bereits in Südamerika gelandet. Die sofort informierten Behörden hatten nichts ausrichten können. Ben war verschwunden.

Der Fakt, dass er seiner Strafe entgangen und auf dem Weg in ein neues Leben war, ließ Tara ein Stückweit resignieren. Statt für den Mord, den er begangen hatte, lebenslang hinter Gittern zu sitzen, würde er unter der Sonne von Kolumbien, Peru oder Bolivien leben, direkt an der Quelle seines Glücklichmachers: Kokain. Mit dieser Vorstellung löste sich Taras Überzeugung, dass jeder im Leben irgendwann das bekam, was er verdiente, in Luft auf. Sie konnte sich vorstellen, wie die Familie des Opfers, die Hendrics, auf die Neuigkeiten reagierten – verzweifelt und mit noch größerer Trauer um Janet wahrscheinlich.

Ohne Zweifel hatte Ben Hilfe gehabt. Jemand hatte ihm Betäubungsmittel zugespielt, mit denen er den Wärter außer Gefecht gesetzt hatte. Jemand hatte den Fluchtplan erstellt, ihm falsche IDs und Utensilien für die Verkleidung besorgt – und Geld gegeben. Eine ganze Menge vermutlich, es musste doch für ein Leben reichen.

Tara war nicht die einzige, die glaubte, dass diese Hilfe durch Alexander LaLaurie erfolgt war. Den Nachrichten zufolge wurden er und Savannah von der Polizei verhört, bestritten aber, in irgendeiner Weise involviert zu sein. Einen Nachweis, beispielsweise eine höhere Geldentnahme vom Konto, gab es bislang nicht.

Die beiden Vorlesungen am Morgen waren eine willkommene Abwechslung von all dem Chaos. Weil in den Nachrichten auch Bens Überfall auf Julien und seine Drohung erwähnt worden waren, rechnete Tara damit, abermals ins Zentrum der Aufmerksamkeit zu rücken, doch die Studenten schienen die Neuigkeiten noch nicht erfahren zu haben und waren auf den literarischen Diskussionsstoff konzentriert.

In der Mittagspause rief Tara ihre Nachbarin an, um sich nach Shadow zu erkundigen, und erfuhr, dass sich die Presse schon wieder auf ihrem Grundstück herumtrieb. Kaum hatte sie aufgelegt, da stand Professor Carter, die Inhaberin des Lehrstuhls, im Zimmer. Beim Anblick der Zeitung, die sie dabeihatte, wurde Tara prompt speiübel. Das Letzte, was sie jetzt brauchte, war eine erneute Beurlaubung, weil die Presse über sie und Julien herzog.

»Auf die Titelseite haben Sie es diesmal nicht geschafft«, sagte Professor Carter und warf die Zeitung auf den Schreibtisch. »Diesen Platz hat Ben LaLaurie durch seine Flucht ergattert. Aber Seite zwei ist es geworden. Seine und Ihre Geschichte ließen sich ja gut verknüpfen.«

Tara rührte das Klatschblatt nicht an, fasste sie die Ironie ihrer Chefin auch als gutes Zeichen auf. »Ich möchte eigentlich gar nicht wissen, was sie diesmal schreiben«, sagte sie und forderte die Professorin auf, Platz zu nehmen.

Die lehnte ab. »Ich muss los, wollte Ihnen das nur kurz geben, weil ich finde, dass es ganz nett geschrieben ist. Eine Art Entschuldigung für die Negativmeldungen der vergangenen Woche.«

Mit einem Zwinkern wandte sie sich um und ging aus dem Zimmer. Ein paar Sekunden lang starrte Tara auf das Titelblatt, auf dem Bens Visage abgedruckt war. Den dazugehörigen Artikel überflog sie nur, schlug die Zeitung dann auf und verschluckte sich beim Blick auf die Headline beinahe an ihrem Atem. Obwohl Romantik kein Fremdwort für sie war, fand sie *Eine Liebe wie im Märchen* arg kitschig. Der Schleim triefte ja geradezu von den Buchstaben.

Aus Mangel an einem neuen Bild von ihr und Julien hatte man die Fotografie verwendet, mit der zuletzt ein Skandal ausgelöst worden war: Sie und er auf dem Rückweg zum Cottage am Lake Saint Catherine. Den blutroten Verräter-Schriftzug, mit dem das Bild zuletzt abgestempelt worden war, hatte man gegen eine verträumte Umrandung ersetzt und die Farb- statt der Schwarzweiß-Version verwendet. Schwupps hatte man Romeo und Julia statt Bonny und Clyde. Passend zum Artikel, der die Geschichte einer vermeintlich unmöglichen Liebe erzählte – was prinzipiell gar nicht weit hergeholt, allerdings überdramatisch formuliert war.

An einigen Stellen musste Tara sogar lachen und sie freute sich schon auf Juliens Kommentare. Es kribbelte in ihren Fingern, weil sie ihn gern anrufen wollte, doch am Morgen war er so griesgrämig zur Arbeit verschwunden, dass sie das lieber ließ. Gut möglich, dass er gar keine Meinung zum Artikel hatte.

Überhaupt blieb für ein Telefonat keine Zeit, wie Tara mit einem erschrockenen Blick auf die Uhr feststellte. Drei Minuten zu spät war sie bereits und beeilte sich nun, zu ihrer ersten Nachmittagsvorlesung zu kommen. Deren Thema konnte sie glatt abhaken, denn viele Studenten hatten die Neuigkeiten inzwischen gehört und fragten ihr Löcher in den Bauch. Sie fühlte sich merkwürdig, als sie von Julien und sich erzählte – nur ein bisschen, um die allgemeine Neugier zu stillen – und das lag an der Gewissheit, dass Julien gerade nicht in derselben Tonfarbe, warm und liebend, von ihr sprechen würde.

***

Auf dem Weg zum Auto dachte Tara über den besten Beginn für eine Aussprache mit Julien nach. Sie überlegte auch, etwas Leckeres zu Kochen, verschob das aber auf einen anderen Abend. Sie wollte ihn nicht mit Essen bestechen oder sich in seinem Haushalt überschlagen, wie um ihr schlechtes Gewissen zu erleichtern. Er sollte sich einkriegen, weil sie es verdiente – und das möglichst bald.

Tara fuhr also zu einem italienischen Restaurant, das neben dem regulären Betrieb Take-away anbot. Zwei verschiedene Pastagerichte und eine Flasche Wein nahm sie mit und machte sich auf den Weg zu Juliens Loft. Sie hoffte, dass er schon da war und wurde von seiner SMS enttäuscht, die einging, als sie aus dem Aufzug trat. Er ließ sie wissen, dass er spät nach Hause kommen würde und bat sie, nicht zu warten.

Tara packte eine Portion Pasta in den Kühlschrank, ließ die Weinflasche auf dem Küchentresen stehen und aß ein paar Happen, obwohl sie keinen Appetit mehr hatte. Eine halbe Stunde danach hockte sie auf der Couch und zappte sich durch die TV-Sender. Mit jeder Minute wurde ihre Stimmung miserabler, also schaltete den Fernseher aus und verließ das Appartement. Auf der Straße rief sie ein Cab und ließ sich ins French Quarter zum Missi Spirits bringen.

Kat war allein hinter der Theke, doch eine Aushilfe kümmerte sich um die Gäste an den Tischen. Wie sie erzählte, war ihr Freund und Barbesitzer John erkältet und ging in diesem Leiden so auf, dass sie froh war über seine Entscheidung, im Bett zu bleiben.

»Kranke Männer sind irgendwie keine Männer mehr«, frotzelte sie und stellte Tara einen Gin Tonic hin.

Tara lachte. »Sondern?«

Kat zuckte die Schultern. »Jammerlappen halt. Ständig dieses Gestöhne und diese um Mitleid

26

heischenden Ausreden, wenn ich ihn bitte, wenigstens die stinkenden Socken in den Wäschekorb zu werfen, statt sie rumliegen zu lassen, als würde er nur darauf warten, dass ich komme.«

Tara lachte noch mehr. »Du fährst zu ihm und räumst auf?«

Hinter einem Mann herzuräumen wäre Kat früher im Traum nicht eingefallen. Ein paar fürsorgliche Qualitäten hatte sie in den letzten Jahren zwar hinzugewonnen, war im Herzen aber doch der wilde Freigeist geblieben, den sie mit all ihren Piercings, Tattoos und dem weißblonden Undercut auch nach außen darstellte.

»Naja, ich bring ihm halt was zu essen, wenn er anruft, weil er Hunger hat«, antwortete sie, dies in so trockenem Ton, dass Tara aus dem Lachen nicht mehr rauskam. »Und dann ärgere ich mich eben über dieses Gejammere. Zu allem ist er zu schwach: um das Klo beim Pinkeln treffen, zum Pizza bestellen und sogar zum Ich-liebe-dich-sagen. Es nervt so!«

Tara stellte sich auf eine längere Rede ein und war eigentlich ganz froh, einmal am Tag die Zuhörerin zu sein, da winkte Kat ab.

»Aber was sind meine Probleme schon gegen deine. Ist ja schlimm, was man wieder so hört.« Sie stützte sich auf den Tresen und runzelte die Stirn, als ihr Blick auf Taras Hals fiel. »Wo ist denn die Kette?«

Noch immer im Handschuhfach, antwortete Tara im Stillen. Dorthin hatte sie das Amulett vor ein paar Tagen verbannt, als sie beschlossen hatte, sich nicht von irgendwelchen Glücksbringern oder Schutzsymbolen abhängig zu machen.

»Hab sie heute Morgen vergessen«, sagte sie stattdessen, denn die Kette war Kats Geburtstagsgeschenk. Obwohl die Freundin weder gläubig noch abergläubisch war, schien sie dem Amulett mit dem Veve der Schutzgöttin Erzulie doch irgendeine Wirkung zuzusprechen.

»Na toll«, tönte sie auch gleich und fuchtelte herum. »Du und dein Liebster werden von einem ausgebrochenen Mörder bedroht und ausgerechnet jetzt vergisst du die Kette?«

»Ach Kat, das ist Quatsch! Das Amulett ist wirklich hübsch …«

»Das hat doch mit hübsch nichts zu tun!«

Tara schickte Kat einen argwöhnischen Blick. »Bist du unter die Esoteriker gegangen oder warum tickst du so aus? Davon abgesehen, dass Ben über alle Berge ist, haben Julien und ich gerade andere Probleme.«

»Aha! Na siehst du! Warum wohl?«

Kat schnaubte und kümmerte sich um zwei Jungs, die an die Bar gekommen waren. Fröhlich über Basketball schwatzend bereitete sie deren Drinks zu und stellte sie ihnen mit einem Lächeln hin, doch sobald sie auf dem Rückweg zu Tara war, schaute sie schon wieder finster drein.

Tara hatte keine Lust, sich weiteres Gemecker anzuhören. »Hätte ich gewusst, dass du so miese Laune hast, wäre ich zu Hause geblieben.«

Sie leerte ihren Gin Tonic und wollte bezahlen, doch Kat ignorierte das und stellte ihr einen weiteren hin.

»Du gehst nicht, bevor ich nicht weiß, was zwischen Julien und dir los ist.«

Tara zögerte. »Aber keine Predigten, okay?«

Kat hob zwei Finger. »Hoch und heilig versprochen.«

»Und am Ende würde ich gern hören, dass ich nicht so bescheuert bin, wie ich mich fühle.«

»Oh oh!«, machte Kat. Das war ein Ausdruck, den sie bei bestimmten Ahnungen besonders gern einsetzte. »Das verspreche ich dir lieber nicht, aber ich motze nicht rum, also schieß los.«

Tara erzählte, was geschehen war

»Das ist Psycho!«, stellte Kat daraufhin fest.

Tara war verwirrt. »Was, das ich Ethan … ?«

»Nein! Quatsch! Das war eine Schockreaktion. Genauso gut hättest du ins Auto steigen und einen Unfall bauen oder dich an Schokolade überfressen können. Ben mein ich, der ist Psycho.« Sie hob die Hände an die Wangen. »Gott oh Gott!«

Kats Vergleiche brachten Tara beinahe wieder zum Lachen. Wäre die Situation nicht so traurig, und würde Ben nicht am Ende bekommen, was er wollte. Zwar anders, als er es sich gedacht hatte, aber dennoch. Tara fühlt sich Julien gerade so fern, dass sie nur pessimistisch denken konnte.

Kat beugte sich über den Tresen und nahm Taras Hand. »Hey, Kopf hoch! Das wird wieder.«

»Ich hoffe es«, murmelte Tara.

»Klar. Weißt du, was du morgen Abend einfach machst?«

»Was denn? Sag nicht, ich soll was Leckeres kochen. Das hab ich vorhin ausgeschlossen.«

»Nein, natürlich nicht.«

Kat wirkte nicht, als hätte sie nicht genau das vorschlagen wollen. Bemüht locker suchte sie nach einer anderen Möglichkeit, da klingelte Taras Handy. Julien rief an und begrüßte sie mit einem harten: »Hey, wo bist du?«

Tara sah auf die Uhr. Es war kurz nach zehn.

»Bei Kat, im Missi Spirits. Und du?«

»Zu Hause. Dein Auto steht in der Tiefgarage, also dachte ich, du bist hier.«

Wieso?, schoss es Tara durch den Kopf. *Damit du mich anschweigen kannst?*

Julien seufzte. »Ich hol dich besser ab.«

»Das musst du nicht.«

»Möchte ich aber.« Noch grantiger klang er jetzt. »Ich bin nämlich hundemüde und würde gern schlafen, was nicht möglich ist, wenn ich mir Gedanken mache, ob du sicher hier landest oder nicht vielleicht vom Cabfahrer entführt wirst.«

Dann mach dir keine Gedanken!, wollte Tara patzig antworten, versuchte es stattdessen aber mit einem versöhnlichen: »Ich denke wirklich nicht, dass Ben …«

»Es ist spät«, fiel Julien ihr ins Wort. »Ich will nicht diskutieren. In zehn Minuten bin ich da.«

Er legte auf und war tatsächlich zehn Minuten später im Missi Spirits, zu früh, nach Taras Empfinden, denn innerlich brodelte sie noch über seine Arroganz. Sie mochte ihn nicht einmal ansehen und hörte bloß, wie er Kat grüßte.

»Bist du soweit?«, tönte es dann in ihre Richtung.

Tara tauschte einen Blick mit Kat. Die zog eine Braue hoch, was so viel hieß wie *Tja, das ist nicht wirklich eine Frage.* Im Geiste immer lauter grummelnd ließ sie das letzte Viertel Gin Tonic stehen, verabschiedete sich mit einem Bussi über der Theke von Kat und stand auf.

»Was kommt als nächstes, gibst du mir Hausarrest?«, knurrte sie auf dem Weg zum Auto.

»Kein Streit, okay?« Er klang wirklich müde.

Streit wollte sie ebenso wenig, sich aber auch nicht wie ein kleines, naives Mädchen behandeln lassen. »Das geht so nicht, Julien.«

»Ich will nicht streiten!« Das klang schon ganz anders. Drohend beinahe.

Tara blieb stehen und hätte am liebsten den Fuß aufgestampft. »Lass das!«, rief sie. »Mal behandelst du mich, als hätte ich dich hintergangen. Andere Male, als sei ich eine Last. Was geschehen ist, tut mir leid, okay? Aber mach eine Mücke nicht zu einem Elefanten, sonst verschwinde ich aus deinem Leben.«

Julien war ebenfalls stehen geblieben. Er betrachtete sie stumm, sah ihr tief in die Augen, wandte sich dann ohne ein Wort um und entriegelte den Wagen, hielt ihr die Tür auf und wartete, dass sie einstieg. Nicht einen Ton würde er mehr sagen, das wusste sie und nahm auf dem Beifahrersitz Platz.

Auf der Heimfahrt begleitete sie Radiomusik. Ein Song, den Tara nicht kannte. Die Grundstimmung der Musik erinnerte sie an die Kings of Leon, die sie und Julien im vergangenen September praktisch auf Schritt und Tritt begleitet hatten. Dies war jedoch eine andere Band, und ihr Text war traurig. Um Abschied ging es. Weil keine Flamme für immer brannte, wollte der Sänger seine Liebste ein letztes Mal in einem Park treffen und festhalten.

An den Woldenberg Park dachte Tara unweigerlich und schluckte hart, um die Tränen wegzudrängen. Sie wollte Julien fragen, ob er wusste, wer das sang, kniff den Mund aber zu und ließ es, denn sie hatte das Gefühl, dass er nicht nur nicht streiten, sondern auch nicht sprechen wollte.

***

Im Traum war er bei ihr, irgendwo im Nirgendwo. Mehr als nur räumlich. Er küsste und berührte sie, streichelte und presste sich an sie. Seine Haut war heiß und feucht, rau seine Stimme. Er flüsterte ihren Namen und sie antwortete ihm: *Julien, Julien, Julien* … sagte sie immer wieder und zog ihn näher. Er war erregt, so sehr wie sie. Er wollte mit ihr schlafen, doch es ging nicht, und sie wand sich vor Lust, bog den Rücken durch und murrte, weil das Prickeln in ihrem Unterleib nicht auszuhalten war.

Tara erschrak, als der Traum ins Wachsein überging. Sie schlug die Augen auf, starrte einen Moment lang durch die von Mondlicht erhellte Dunkelheit und biss sich auf die Unterlippe, um nicht zu seufzen. Als ihr bewusst wurde, dass ihre Hand zwischen ihren Beinen lag, wollte sie sie wegziehen, doch die Berührung tat so gut. Sie lauschte, ob Julien schlief, hörte seine gleichmäßigen Atemzüge und schob die Hand unter ihre Shorts. Dann schloss sie die Augen wieder, stellte erst ein Bein auf, dann das andere und streichelte sich fester.

»Was tust du da?«, hörte sie plötzlich von Julien.

Zuerst wollte sie aufhören, ließ die Hand ruhen, doch eine leise Stimme in ihr befahl ihr, weiterzumachen.

»Ich träume«, flüsterte sie.

Er drehte sich auf die Seite, schob den Arm unter den Kopf, um sie anzusehen. »Wovon?«

»Von dir.« Tara wandte ihm das Gesicht zu. »Es ist schwer, schon die zweite Nacht neben dir zu liegen und dich nicht berühren zu dürfen.«

»Was tue ich in deinem Traum?«

Nach kurzem Zögern schlug sie die Bettdecke zurück und setzte sich auf. Schatten und Licht lagen auf seinem Gesicht, Schwarz und Silberblau nur, doch sie war sich seines Blickes sehr bewusst. Ihr T-Shirt zog sie zuerst aus. Die Shorts ließ sie ohne besonderes Zwischenspiel folgen. Dann setzte sie sich auf die Unterschenkel, lehnte sich zurück und stützte sich auf einem Arm ab. Als sie die Beine spreizte und ihre Hand abermals dazwischenwandern ließ, sah sie, wie er die Brauen zusammenzog und den Mund verkniff – den schönen Mund, den sie so gern dort spürte, wo ihre Hand jetzt war.

»Du berührst mich. Liebst mich«, antwortete sie und schob zwei Finger in sich. »So einfach wäre das gerade.«

»Warum?« Seine Stimme klang heiser.

»Weil ich so feucht bin.« Ihr Herzschlag beschleunigte sich, als Julien sich aufsetzte. Sie ahnte, dass sie eigentlich nichts hinzufügen musste, tat es aber trotzdem: »Ich hab Sehnsucht nach dir.«

Binnen Sekunden hatte Julien sich seiner Boxershorts entledigt. Er warf Tara geradezu um, stützte sich über ihr auf und nahm ihren Mund gierig in Besitz. Mit seinem Becken schob er ihre Schenkel ein weiteres Mal auseinander und verschwendete keine Zeit an Spielereien. Mit einem Stoß war er tief ihn ihr und lachte leise, weil sie stöhnte.

»Du hast recht«, murmelte er und zog sich zurück, um ein weiteres Mal hart in sie einzudringen, ihr einen weiteren Laut zu entlocken.

Tara legte die Arme über den Kopf und schlang die Beine um ihn. Dabei sah sie ihm in die Augen – kühl waren die noch immer, aber doch voller Begierde. Jedem seiner Stöße kam sie entgegen; sie wollte es so hart, so schnell, so pur auch. Die Fremde in ihr sollte er sehen und darüber nachdenken, ob er die Vertraute zurückwollte.

Er kam schneller als sonst, keuchte leise und blieb in ihr, bis sein Schwanz nicht mehr zuckte. Noch immer über sie gestützt, streichelte er sie. Sanft, zu sanft für den Moment, fuhr seine Hand zwischen ihren Brüsten entlang und über ihren Bauch. Tara stoppte Julien. Sie wollte nicht, dass er sie zum Kommen brachte, nicht heute.

Er versuchte es nicht weiter. Er kroch auf seine Seite zurück, unter seine Bettdecke, ihr zugewandt. Tara brauchte keine Decke. Sie rollte sich auf die Seite und begegnete seinem Blick, der Fragen stellte und auch erzählte. Nach einer Weile fielen ihm die Lider immer wieder zu, und nicht viel später war er eingeschlafen.

KAPITEL 3

Julien betrachtete sein Leben gerade als einen Ausnahmezustand; jeder Bereich war betroffen. Auf seine Beziehung zu Tara traf der Begriff so gut zu wie auf seinen Job. Statt im Gericht zu sein, Zeugen zu befragen, Akten zu wälzen oder einfach nur Auskunft oder Beratung zu geben, quatschte er den ganzen Tag. Mal mit Staatsanwältin Susan Birdman, mal mit Detective Mike Delainy, der wegen Bens Flucht ermittelte. Andere Male mit der Presse, seinen Mandanten oder seiner Sekretärin, die anrief, um ihm zu sagen, dass ihn wieder jemand anders sprechen wollte.

All das Reden würde Ben LaLaurie nicht zurück ins Gefängnis bringen – eine Meinung, mit der sich Julien allein sah. Alle anderen hielten andauernde Meetings und Besprechungen offenbar für das Mittel zum Zweck. Dabei war schon am ersten Tag nach Bens Flucht, während der ersten Stunden alles gesagt worden, nur noch nicht von jedem. Also quatschten sie weiter. Von neun Uhr morgens bis die Mehrzahl zu müde wurde.

Vier Tage waren vergangen, seit ihm Ben LaLaurie eine Waffe an die Schläfe gedrückt hatte, und er war einfach nur fertig. Nicht nur fühlte er sich ausgelaugt, sondern in so mancher Sekunde auch wie ein Loser. Der Macho in ihm – in beinahe jedem Mann wohnte so einer – verhöhnte ihn, weil er sich nicht gewehrt hatte, weil er diesem Muttersöhnchen nicht die Knarre aus der Hand getreten und ihn umgehauen hatte. Er hatte das Problem verbal lösen wollen, dies im vollen Bewusstsein, wie sinnlos das war.

Das schale Gefühl, versagt zu haben, war Julien auf der Fahrt zu Tara überkommen. Sie gleich darauf in Ethans Armen zu sehen, war wie ein Schlag in den Magen gewesen. Eigentlich glaubte er ihr und wusste, dass sie kein Interesse an dem Cop hatte, ihn früher oder später zurückgewiesen hätte. Er wünschte dennoch, sie hätte es früher getan. Bevor er in ihr Haus gepoltert war.

Das ließ sich nicht mehr ändern. Er wollte diesen Keil nicht länger zwischen Tara und sich, überflüssig und lächerlich war der. Außerdem wollte er, dass sie sich bei ihm sicher fühlte und keine Dummheit aus einer Verletztheit heraus beging. Dass Ben LaLaurie in Südamerika war, bedeutete schließlich nicht, dass er ihn und Tara nicht doch kontrollierte. Vielleicht hatte er einen Verrückten gefunden, der für ihn handelte, und Julien würde sich nie verzeihen, wenn Tara etwas passierte. Sie war wie sein Fels im Meer – lag das Wasser still, war sie sein Platz zum Sonnen und bei tosendem Wellengang bot sie ihm Schutz und Ruhe.

Ruhe brauchte er jetzt so sehr. Und er wollte nicht auch noch mit Tara reden. Nicht über Sachen, die prinzipiell geklärt waren. Schon gar nicht wollte er streiten, sondern sie spüren lassen, dass alles gut war. Es wurde Zeit, dass er sich die Zeit dafür nahm. Am vorherigen Abend war es abermals spät geworden. Sie hatte geschlafen, als er nach Hause gekommen war.

Julien sah in die Runde, deren Gespräch er schon lange nicht mehr folgte, rieb sich übers Gesicht und stand auf.

»Sorry, ich bin raus für heute«, sagte er in die entstehende Pause.

Susan Birdman warf ihm einen irritierten Blick zu. »Sie können nicht einfach so verschwinden.«

»Natürlich kann ich. Ich tue es doch gerade.«

Detective Delainy gab seinen Senf dazu: »Aber Julien, wir sind noch nicht …«

»Fertig?«, unterbrach er den Mann. »Sind wir schon lange. Ich auf jeden Fall. Und deshalb verabschiede ich mich jetzt ins Wochenende.«

Er hängte sich seine Tasche über die Schulter und verließ den Konferenzraum im Polizeipräsidium der Stadt. Auf der Straße schaltete er sein Smartphone ein und wollte Tara anrufen, um sich mit ihr in einem Restaurant zu verabreden, da ging eine Nachricht bei ihm ein.

›Ich muss ein Thema für nächste Woche vorbereiten und bin bis spät in der Bibliothek‹, schrieb sie. Der Zusatz: ›Warte nicht auf mich!‹ war eine glatte Retourkutsche.

Julien ließ das Handy sinken und stand einen Moment ratlos in der Abendsonne.

***

Es dauerte eine Weile bis Patrick in den Pub kam. Bevor Abby ihn entließ, musste er seine Töchter duschen und in ihre Schlafanzüge stecken, sie zu Bett bringen und Schlaflieder singen. Julien wartete geduldig. Als Patrick schließlich eintraf, hatte er schon zwei Bier und vier Whiskey intus und war nicht mehr ganz nüchtern. Bei einem dritten Bier erzählte er die Geschichte der Woche.

»Weißt du, was ich mit dem Schwein mache, wenn er sich noch einmal in Taras oder meine Nähe traut?«, sagte Julien mit etwas schwerfälliger Zunge.

Patrick warf ihm einen spöttischen Blick zu. »Mit wem? Ethan?«

»Nein, Ben!«

»Du hältst ihm einen Vortrag über die rechtlichen Konsequenzen von Erpressung unter Androhung von Gewalt?«

Julien stutzte. »Quatsch!«, sagte er dann verärgert. »Ich hau ihm auf die Glocken.«

Patrick schmunzelte. »Auf die Glocke, meinst du bestimmt. Du willst ihm einen Kinnhaken verpassen.«

»Genau.« Julien formte eine Faust. »So richtig. Mann, hab ich da grad Lust zu.«

»Üb vorher ein bisschen, okay?«

»Was soll das heißen? Traust du mir nicht zu, dass ich ihn umhaue?«

Nun deutlich amüsiert, schüttelte Patrick den Kopf. »Du hast dich nie geprügelt, Mann. Mit einem Sandsack höchstens.«

»Der genügt«, beschloss Julien.

Er ignorierte Patricks Belustigung. Der unterschätzte ihn natürlich. Er sah in ihm nur den korrekten Juristen und würde sich wundern, wenn er Ben LaLaurie erst in die Finger bekommen hatte. Und Ethan auch.

»Dem werde ich sowas von zeigen, wo der Hund langläuft!«

Patrick lachte auf. »Der Hase, Julien! Der Hund liegt höchstens begraben oder wird in der Pfanne verrückt!« Er rückte Juliens Bierglas ein Stück weg. »Du steigst jetzt besser auf Wasser um.«

Julien holte sein Glas zurück. »Kein Alkohol ist auch keine Lösung. Dann eben der Hase!«

»Okay«, Patrick klang, als hätte er resigniert. »Zeig Ben, wo der Hase langläuft.«

»Ethan!«

»Wieso auf einmal Ethan? Ich dachte Ben?«

Julie winkte ab. »Mit dem war ich fertig.«

Er trank einen Schluck und stellte fest, dass ihm das Bier nicht mehr schmeckte. Schon eine

Weile nicht, eigentlich. Also bestellte er Whiskey, noch einen für sich und den ersten für Patrick.

»Aber nur einen einzigen«, sagte der versucht gefällig, dabei würde er das flüssige Gold als Whiskey-Liebhaber nie ablehnen. »Abby dreht mir den Hals um, wenn ich besoffen nach Hause komme.«

»Abby soll sich locker machen! Für heute hast du doch alle Pflichten erledigt oder nicht?«

»Hey, lass das meine Sorge sein.« Patrick stieß mit ihm an und nippte am Whiskey. »Sie ist ne tolle Frau, mag halt keinen Alkohol.«

Julien tauchte in seine Gedanken. Er vergaß Abby, Ethan und auch Ben. »Ich liebe sie doch«, murmelte er nach einer Weile.

Patrick schien sich nicht entscheiden zu können, ob er verwundert oder alarmiert reagieren sollte. »Abby?«

Julien blinzelte sich in die Realität. »Wie jetzt, Abby? Abby doch nicht! Tara natürlich. Du hörst mir nicht richtig zu.«

»Klar hör ich dir zu. Ich kann nur keine Gedanken lesen, und du wechselst das Thema heute so schnell, dass es schwer ist, dir zu folgen.«

Julien brummelte ein »Sorry« und trank den Whiskey aus.

»Außerdem bist du betrunken.«

»Na und? Das war ich seit der Uni nicht.«

»Lass jetzt trotzdem gut sein! Geh nach Hause, zu Tara und sag ihr, dass du sie liebst. Bei mir ist das an der falschen Stelle.«

»Ich kann's ihr ja nicht sagen.«

»Wieso nicht?«

»Weil sie in der verdammten Bibliothek ist.«

Offenbar in der Erwartung eines komplizierteren Grundes hatte Patrick die Luft angehalten. Jetzt atmete er durch und sah auf die Uhr. »Es ist gleich elf. Bestimmt ist sie zu Hause.«

Julien zuckte mit den Schultern und wollte noch einmal Whiskey bestellen, doch Patrick hielt ihn auf.

»Ich will keinen mehr und du verträgst nicht noch einen. Lass uns das Bier austrinken und heim gehen, okay?«

Julien schnaubte und grübelte in sein leeres Whiskeyglas. Einen Moment später warf er seinem Kumpel einen düsteren Blick zu und sagte: »Ich werd ihn umhauen!«

Patrick nickte und klopfte ihm auf den Rücken. »Genau das wirst du tun.« Dann leerte er sein Bier und bestellte ein Cab für Julien. Er selbst hatte keinen weiten Nachhauseweg und würde zu Fuß gehen.

***

Julien hatte dem Fahrer nicht seine Adresse genannt, sondern sich zum Woldenberg Park bringen lassen. Auf der Suche nach dem Platz, an dem Tara und er zweimal gesessen hatten, stolperte er durch die Dunkelheit. Als er die Stelle gefunden hatte, legte er sich ins Gras, das vom Tau feucht war, und verschränkte die Arme hinter dem Kopf. Mit einer gewissen Wehmut ums Herz sah er in den Sternenhimmel und beschloss, auf die ISS zu warten. Die Raumstation umkreiste die Erde immerhin sechzehn Mal am Tag. Julien ließ die verschiedenen Flugbahnen außer Acht und errechnete sich gute Chancen.

Irgendwo am Ufer des Mississippi spielte jemand auf dem Saxofon die Melodie zu Louis Armstrongs *What a wonderful World*. Davon beruhigt schlummerte Julien ein und wachte auf, weil er etwas hörte. Eine Stimme drang in seinen Traum, dessen Fäden er mit dem Augenaufschlag sofort verlor. Er drehte den Kopf, sah sich um und entdeckte eine Gestalt, die unweit von ihm im Gras hockte.

»Hey«, murmelte er mit vom Alkohol noch schwerer Zunge und kniff die Augen zu, weil sich seine Umgebung zu drehen begann.

Die Gestalt antwortete nicht.

Julien erinnert sich an etwas. »Wusstest du, dass die Astronauten auf der ISS an jedem Tag sechzehn Sonnenauf- und -untergänge erleben?«

Die Gestalt, der Statur nach ein Mann, stand auf und schlenderte heran.

»Wusstest du, dass die Eagles in einem Song *Let's kill all the lawyers, kill them tonight!* singen?«

Julien bekam einen Schreck und wollte aufstehen, konnte sich aber nicht rühren, also blieb er liegen und ließ seine Arme hinter dem Kopf verschränkt, als wäre er noch entspannt: »Wusste ich nicht. Ich höre keinen Country-Rock.«

Der Mann blieb vor ihm stehen, thronte vor dem Nachthimmel wie ein Riese. Julien versuchte sein Gesicht zu erkennen, doch das lag in dem Schatten, den die Kapuze seiner Jacke warf. Ehe er sich versah, setzte ihm der Typ den Fuß auf den Hals und lehnte sein Gewicht darauf. Julien sah mehr Sternchen als am Nachthimmel blinkten, dann wurde sein Sichtfeld schwarz.

Sekunden später riss er die Augen auf und keuchte nach Luft. Seine Kehle war wie zugeschnürt, und er konnte nicht sagen, ob vor Panik oder wegen eines Drucks. Ebenso wenig wusste er, ob er geträumt hatte oder wach gewesen war. Er setzte sich auf und kniff die Augen zu, weil sich erneut alles drehte. Speiübel war ihm außerdem, und ein Lichtstrahl blendete ihn. Mit einem Murren hob er einen Arm vor die Augen.

»Hey Kumpel, willst du zum Pennen nicht lieber nach Hause gehen?«

Julien linste an seinem Arm vorbei und erkannte zwei Cops, beide mit Taschenlampen.

»Haben Sie hier einen Mann gesehen?«, ächzte Julien. »Bis gerade eben.«

»Wir sehen ihn sogar immer noch«, lautete die spöttische Antwort. »Er sitzt in einem Anzug im Gras und hat ein paar Drinks zu viel gehabt.«

Julien ignorierte die Provokation. »Also war hier niemand sonst.«

»Nee, Kumpel. Zeig uns mal deine ID!«

Julien klopfte sein Jackett nach dem Portemonnaie ab, spürte es an seinem Platz in der Innentasche und zog es heraus. Seine Finger wollten nicht, wie sie sollten und bekamen den Ausweis nicht aus dem Einschub, also reichte er den Cops einfach das Portemonnaie. Während der eine die Identität überprüfte, schaute der andere zu, wie sich Julien schwerfällig auf die Füße stellte und ein paar Schritte zur Seite wankte.

»Verdammt, so betrunken war ich doch nicht, als ich aus dem Pub raus bin.«, murmelte er und hob eine Hand an den Kopf, weil der so schwer wog.

»Tja, das ist der fabelhafte Effekt von frischer Luft«, entgegnete der Cop, der ihn beobachtete.

Der andere mit seinem Portemonnaie runzelte die Stirn. Er sah von der ID auf und leuchtete ihm wieder ins Gesicht.

»Julien Cavanaugh?«, fragte er argwöhnisch.

Julien nickte. »Daran ändern auch die Promille nichts. Der bin ich.«

Der Cop schien zu zweifeln. »Der Anwalt?«

»Genau. Sie wissen schon, der Fall Ben LaLaurie. Der ist mir hier im Übrigen gerade begegnet.« Er hob die Hand, kreiselte mit einem Finger vor seiner Schläfe. »In meinem Traum, denn Sie haben ihn ja nicht gesehen.«

Der andere klinkte sich wieder ein: »Normalerweise verhaften wir immer Ihre Freundin Tara, aber heute werden Sie uns wohl auf die Wache begleiten müssen.«

Sein Kollege zögerte und schüttelte den Kopf. »Ich ruf den Chief an.«

45

»Moment mal!« Julien zeigte mit dem Finger auf die Männer. »Aus welchem Distrikt seid ihr? Wo sind wir hier?«

»Distrikt acht natürlich«, antwortete der mit seinem Portemonnaie. »French Quarter und Business District, wieso?«

»Dann rufen Sie den Chief bitte nicht an.« Julien machte auf dem Absatz kehrt und schwankte wieder ein paar Schritte zur Seite. »Ich finde auch allein nach Hause. Nehm einfach ein Cab.«

Er wollte in Richtung Straße gehen, da stoppte ihn der Befehl. »Stehen bleiben, Kumpel, Sie gehen nirgendwo hin.«

Julien wankte wieder zu den beiden herum. »Was ist nur mit euch Cops los, dass ihr mich alle als Kumpel bezeichnet?«

Der andere hatte das Telefon bereits am Ohr und sprach: »Hey Ethan, Mic und ich sind auf Streife im Woldenberg Park. Wir haben Julien Cavanaugh aufgegriffen.«

Julien schnaubte. »Jetzt übertreiben Sie nicht. Sie haben mich nicht *aufgegriffen*, sondern sind mir begegnet. Mehr nicht.«

Ein Cop lachte nur und der andere telefonierte weiter. Mit Ethan. Ausgerechnet! »Er ist ziemlich betrunken, und er behauptet Ben LaLaurie gesehen zu haben.«

Julien stemmte die Arme in die Seiten. »Das ist Verdrehung von Tatsachen! Ich hab ihn im Traum gesehen!«

Abermals wurde er ignoriert.

»Was machen wir mit ihm?«, fragte der mit dem Telefon, gab ein Okay zurück und beendete das Gespräch.

»Dann gehen wir mal«, sagte er zu Julien.

»Ja, geht ihr mal«, antwortete der.

»Du kommst natürlich mit. Der Chief hat ein paar Fragen an dich.«

»Die kann er mir morgen stellen.« Julien gab sich einen Ruck und machte sich in Richtung Straße auf. »Er weiß ja, wo ich wohne«, brummelte er, kam aber nicht sonderlich weit, denn bald waren die Cops an seiner Seite, griffen ihm unter die Arme und bugsierten ihn zum Streifenwagen.

***

Auf der Wache wurde Julien nicht in eine Zelle gebracht, sondern direkt in Ehtan McAllisters Büro. Der Police Commander des achten Distrikts wartete bereits und bot ihm einen Sitzplatz auf einem unbequem aussehenden Metallstuhl an. Julien zog es vor, an eine Wand gelehnt stehen zu bleiben, so schwer es ihm auch fiel. Ein gemütlicher Plausch mit dem Typen, der Tara befingert hatte, erschien ihm trotz aller Trunkenheit nicht richtig. Ethan war es gleich.

»Ich habe mit Detective Delainy gesprochen, der die Fahndung nach Ben LaLaurie leitet. Er hat ein Team in den Woldenberg Park geschickt«, begann er. »Die suchen grad noch alles ab.«

Hundemüde fuhr sich Julien übers Gesicht. »Ich habe Ihren Männern schon gesagt, dass ich es geträumt habe.« Sicher war er sich da inzwischen längst nicht mehr. Genau genommen zweifelte er an allem, was nach dem Pub passiert war.

»Ich wollte sichergehen.« Ethan kniff die Augen zusammen. »Was ist denn passiert zwischen dir und Ben im Traum?«

»Wir haben uns unterhalten.« Seine Erinnerung an jedes Wort war erstaunlich klar. »Ich habe ihm von der ISS erzählt und er mir von den Eagles.« Der Rest ging den Cop nichts an.

»Klingt nach einem netten Austausch!« Ethan kratzte sich am Kopf. »Kumpel, du bist voll wie eine Haubitze.«

»Und? Muss ich deshalb hier übernachten?«

Ethan schüttelte den Kopf.

Julien trennte sich von der Wand und bewegte sich zur Tür, sehr um einen geraden Schritt bemüht. Er brummelte einen Gruß, auf den Ethan ebenso brummig antwortete.

Auf dem Weg über die Gänge überkam ihn ein penetrantes Gefühl. Da war er gewesen, der Cop, dem er hatte zeigen wollen, wo der Hase lang lief, und was war stattdessen passiert? Volltrunken war er in das Büro des Mannes gewankt und hatte kaum ein Wort gesagt – was prinzipiell schlau gewesen war.

Auf der Straße hielt er ein Cab an und plumpste auf dessen Rückbank. Der Fahrer bat ihn, bloß nicht zu kotzen, was Julien nicht versprechen konnte. Ihm war so sehr danach. Noch lieber allerdings wollte er schlafen und taumelte wenig später erleichtert in sein Appartement. Lange hielt diese Stimmung nicht an, denn Tara schlief nicht, sondern wartete auf ihn. Sie trug ihr Schlafoutfit, hatte die dunklen Haare im Nacken zu einem losen Knoten gebunden. Einzelne Strähnen fielen heraus und umrahmten ihr Gesicht. Zum Küssen hübsch schaute sie aus.

»Es ist ein Uhr«, sagte sie und klang dabei wie eine Frau mit vielen Jahren Eheerfahrung.

Ehe er antworteten konnte, runzelte sie die Brauen und schnupperte. Ein verärgerter Glanz trat in ihre braunen Augen. »Meine Güte, und du bist total betrunken.«

Julien zuckte mit den Schultern und drückte sich an ihr vorbei zum Badezimmerbereich. »Ein simples Hallo hätte es auch getan.«

»Dein Handy war ausgeschaltet. Ich hab mir solche Sorgen gemacht«, rief sie ihm nach.

Er hielt inne, fummelte sein Telefon aus der Tasche und überprüfte das Display. Tatsächlich blieb es schwarz.

»Tja«, gab er zurück. »Der Akku ist wohl leer.«

Taras Mund zuckte, als wollte sie etwas erwidern, doch sie schluckte die Worte – Vorwürfe, wie er sich vorstellen konnte. Ohne Weiteres ging sie zur Couch, mummelte sich in die Wolldecke und las in einem Buch.

Julien war froh, dass sie nichts mehr sagte. Er brachte eine Katzenwäsche hinter sich, putzte Zähne und fiel total erledigt ins Bett.

KAPITEL 4

Tara war auf der Couch eingeschlafen. Die Augen waren ihr irgendwann zugefallen, das Buch war aus ihrer Hand gerutscht. Die Stehlampe hatte sie wohl im Halbschlaf ausgeknipst und wurde jetzt vom grauen Licht der Dämmerung geweckt. Sie streckte sich, drehte sich auf die andere Seite und zog sich die Decke über die Nase, wobei ihr bewusst wurde, dass sie die Nacht nicht in Juliens Bett, sondern auf seiner Couch verbracht hatte. Damit kam die Erinnerung. Sie blinzelte durch die Wimpern, sah Julien aber nicht, weil sich der Schlafbereich im Loft auf einer Art Podest befand. Erst als sie sich aufsetzte konnte sie einen Blick auf ihn werfen. In völlig zerwühlten Laken lag er auf dem Rücken, statt wie sonst auf der Seite. Ein Bein hing aus dem Bett, vermutlich, um den alkoholbedingten Drehwurm zu stoppen, das andere Bein war ausgestreckt. Seine Hände ruhten auf seinem Bauch. Seine Brust hob und senkte sich unter seinen Atemzügen. Seine dunklen Haare waren zerwühlt, der Kopf zur Seite gedreht, das Gesicht entspannt, der Mund ein bisschen geöffnet. Dass er sogar betrunken nicht schnarchte, war ein Pluspunkt, fraglich war jedoch, inwieweit das eine Rolle spielte, denn wenn er nicht bald vernünftig mit ihr redete, würde sie nicht bleiben.

Tara schlich zur Toilette und zurück zur Couch. Weil es so früh war, las sie noch ein bisschen und stand erst auf, als sich die Sonne gegen die Wolken durchsetzte. Nach einer Dusche ließ sie sich vom Kaffeeautomaten einen Latte Macchiato zaubern. Das alles geschah nicht mehr leise, doch Julien rührte sich nicht.

Mit dem Kaffee setzte sie sich in eines der hohen Fenster und vertrödelte eine weitere Stunde mit dem Blick in die Straße und über die erwachende Stadt. Ab und zu sah sie zu Julien im Bett und war versucht, ihn zu wecken, indem sie unter die Decke kroch und sich auf ihn setzte. Sie verdrängte ihre leise Lust aber. Ohnehin glaubte sie nicht, dass man mit Sex Probleme löste – das eine Mal hatte das unlängst bewiesen.

Mehr Passivlärm holte Julien schließlich aus dem Traumland. Beim Zubereiten des Frühstücks gab sich Tara nämlich keine besondere Mühe, leise zu sein. Besteck klimperte, Teller klapperten, der Backofen summte, die Kühlschranktür klackte, Eier brutzelten in einer Pfanne. Aufstehen wollte er aber noch immer nicht, also schaltete

Tara das Soundsystem im Wohnbereich ein und suchte einen Radiosender, der basslastige Popmusik spielte.

Julien zog sich ein Kissen über den Kopf. »Ich habe zwei Kater!«, rief er darunter hervor.

Tara verkniff sich ein Lachen. Sie ging zum Schlafbereich und lehnte sich gegen eines der Schließfächer, die als Schrank dienten.

»Gleich zwei?«

»Ja. Einen besonders lauten im Kopf und einen besonders pelzigen auf der Zunge.«

Er nahm das Kissen weg und betrachtete sie aus noch schmalen, müden Augen. Tara wurde so warm ums Herz, dass sie sich am liebsten zu ihm gekuschelt hätte. Sie verschränkte die Arme.

»Wo warst du denn überhaupt?«

Er setzte sich auf, stöhnte und hob die Hände an den Kopf. Dann struwwelte er sich durch die Haare und streckte sich. »Mit Patrick in einem Pub.«

»Ah okay. Offenbar hattet ihr eine gute Zeit.«

»Naja, wir haben …« Mitten im Strecken schien er sich an etwas zu erinnern. Er nahm die Arme herunter und sah Tara an.«

Gar kein gutes Gefühl hatte sie plötzlich. »Was ist los?«

Er fuhr sich mit Hand über die Brust, dann rieb er über den Hals, wandte den Blick ab und drehte den Kopf hin und her, als würde er die Nackenmuskeln dehnen.

»Julien, was ist passiert?«, beharrte Tara.

»Nichts ist passiert. Ich habe nur geträumt, ich hätte mich mit jemandem geprügelt.« Er sah sie wieder an und wies auf seinen Hals. »Schau mal, siehst du da irgendwas?«

Tara wusste nicht, was sie davon halten sollte. »Was soll da sein? Irgendein Fleck?«

»Ja. Der Typ hat mich …« Er zögerte. »Gewürgt. Ganz kurz.«

Sie kam näher, beugte sich herab und musterte Juliens Hals. »Da ist nichts«, sagte sie. »Wie auch, wenn du es geträumt hast?«

»Hätte ja sein können, dass es wirklich passiert ist. Ich hab gestern zu viel getrunken.«

Etwas stank zum Himmel, beschloss Tara im Stillen. Julien verschwieg ihr etwas. Er war nicht der Typ Mann, der sich prügelte, auch nicht im Suff. Er war der Typ Mann, der dem Kontrahenten einen Spruch servierte und ging. Weil er die Kontrolle so ungern verlor, war er eigentlich auch nicht der Typ Mann, der sich betrank.

»Sicher, dass es Würgemale sein sollen«, fragte sie in einem ungewollt bissigen Ton und richtete sich wieder auf. »Oder halte ich hier nach Knutschflecken Ausschau, die du mir zur ausgleichenden Gerechtigkeit präsentierst?«

Julien runzelte die Stirn. »Na toll!«, knurrte er und schlug die Decke zurück. Er stand auf und schlurfte an Tara vorbei. »Was willst du hören? Ich habe mit ein paar sexy Cops geknutscht? Kein Ahnung, wie das passieren konnte. Wahrscheinlich war ich so verzweifelt!«

Juliens Worte hatte den Effekt einer Ohrfeige. Sprachlos blickte Tara ihm nach. Er streifte sich die Boxershorts von den Hüften und ging in die Dusche, ohne sie eines weiteren Blickes zu würdigen.

Nicht noch so ein Tag!, sagte sie sich. Das würde sie nicht aushalten. Streit, scharfzüngige Bemerkungen, eisiges Schweigen – und nun noch Sorgen um einen nicht vorhandenen Knutschfleck? Ratlos schaute sie sich um. Auf dem Küchentresen wartete das Frühstück und auf dem Tisch neben der Couch lag ihr Autoschlüssel. Kurzentschlossen eilte Tara zum Schlafbereich, stopfte ihre Sachen in die Reisetasche und holte ihre Kosmetik aus dem Bad.

Julien stellte Wasser der Dusche ab. »Was hast du jetzt wieder vor?«, rief er ihr nach.

Sie wandte sich um. Wasserdampf stieg aus der Kabine, deren Glas allmählich beschlug.

»Ich fahre nach Hause«, murmelte sie, blinzelte die Tränen weg und drehte sich zurück.

Julien Stimme hallte durch das Loft: »Einen Teufel tust du!«

»Und ob!« Sie zog ihre Jacke über. »So geht das nicht weiter.«

Er antwortete nicht, also nahm sie ihre Tasche und verließ das Appartement.

***

Kaum fünf Minuten war Tara in ihrem Haus in West Riverside, da klingelte es. Sie konnte sich denken, dass es Julien war. Wahrscheinlich bedauerte er gerade, seinen Schlüssel nicht mehr zu haben, denn ohne den kam er nicht ungehindert herein, um ihr einen Vortrag zu halten. Als sie nicht antwortete, schlug er gegen die Tür.

»Mach auf, verdammt!«

»Geh nach Hause, Julien«, antwortete Tara, die von innen gegen die Tür lehnte. »Knutsch noch ein paar Frauen, um es mir heimzuzahlen oder nutz das Wochenende, um dir zu überlegen, ob du mit mir zusammen sein möchtest.«

»Ich hab niemanden geknutscht, verdammt!« Abermals schlug er gegen die Tür. »Lass mich rein, sonst brülle ich die Straße zusammen.«

Tara atmete durch und öffnete. »Das würdest du nie tun, ist nicht deine Art.« Sie trat zurück, ließ Julien ein und schloss die Tür hinter ihm.

»Na und, muss es auch nicht sein!« Er klang trotzig. »Wenn die Ankündigung genügt.«

Tara schluckte die Bemerkung, die ihr auf der Zunge lag, und sah ihn an. Sein dunkles Haar war noch nass, das Grau seiner Augen schimmerte nun wach. Er schien nur halbwegs abgetrocknet in seine Klamotten geschlüpft zu sein, denn das T-Shirt unter der Jacke klebte stellenweise feucht an seinem Oberkörper. Er duftete nach Shampoo und Duschbad. So verführerisch, beides, sein Anblick und sein Geruch.

»Was auch immer gestern passiert ist, es hat dich vorhin ziemlich erschrocken, aber ich sollte es nicht erfahren, und nun möchte ich es besser nicht mehr wissen.« Sie wechselte in die Küche. »Aber ich komme auch nicht wieder mit.«

Weil er ihr folgte, überlegte sie, was sie tun konnte, um besonders beschäftigt zu wirken. Ihr fiel nicht wirklich etwas ein, also öffnete sie den Kühlschrank und inspizierte die darin aufbewahrten Lebensmittel.

»Gar nichts ist passiert«, hörte sie von ihm.

»Okay. Wir brauchen offenbar trotzdem Abstand, um zu Verstand zu kommen. Es ist Wochenende, und ich wäre dankbar für ein bisschen Ruhe.«

»Ich auch.«

»Eben hatte ich einen anderen Eindruck.«

Tara schlug den Kühlschrank zu und ging ins Wohnzimmer, um die Kissen auf dem Sofa neu zu arrangieren.

Abermals kam er ihr nach. »Du hast mit dieser Diskussion angefangen, da war ich kaum wach.«

»Dann sei froh, wenn ich morgen früh nicht da bin, um dich zu stressen.« Sie öffnete die Terrassentür und betrat den Garten. »Jetzt entschuldige mich, ich habe zu tun.«

»Tatsächlich? Was denn?«

Über die Schulter schickte sie ihm einen Blick. Er lehnte in der Terrassentür und musterte sie so entspannt, als wartete er nur auf ihre Feststellung, dass es nichts zu tun gab. Sie hatte eine Idee, mit der sie ihm nicht nur das Gegenteil beweisen, sondern ihn außerdem verstummen lassen würde: Der Rasen stand noch nicht wirklich hoch, konnte aber gut ein Stück gestutzt werden, dies während der Lärm des Mähers jedes noch so laute Wort übertönte.

Die von der Bretterdecke baumelnde Lampe des Schuppens war schon längere Zeit kaputt, doch tagsüber ließ sich im einfallenden Licht alles finden, was man so suchte. Jetzt zerrte Tara den Rasenmäher aus einer Ecke und löste die Strippe, da schlug die Tür zu. Plötzlich war es düster, aber nicht ganz dunkel. In den Sonnenstrahlen, die zwischen den Holzbrettern hindurch schienen, sah man Staubkörner tanzen. Sie fuhr herum und erkannte Juliens Silhouette im Halbdunkel.

»Hör sofort auf!«, grollte er und kam näher.

Tara zwang sich zu einer trockenen Reaktion. »Womit? Mit Rasenmähen? Etwas Licht wäre nicht schlecht. Wenn du also die Tür …«

»Die bleibt zu!«

»Dann wird es …«

Juliens Kuss war hart und voller Sehnsucht. Seine Hände landeten auf ihrem Po, packten fest zu und hoben sie an. Tara schlang die Arme um ihn und wollte das gleiche mit ihren Beinen tun, doch Julien trug sie zu einer Kommode, in der sie Werkzeug aufbewahrte. Er setzte sie darauf und unterbrach den Kuss, um ihr die Jacke auszuziehen. Wo er einmal dabei war, ließ er das T-Shirt gleich folgen, warf es aber nicht auf den Boden, sondern nutzte es, um ihr den Mund zuzubinden.

»Kein Wort mehr«, raunte er, während er den Knoten in ihrem Nacken band. »Ich will jetzt absolute Stille. Mit Ausnahme von deinem Stöhnen, wenn ich dich berühre.«

Zeit sich zu wundern oder zu wehren, gab er ihr nicht, denn um ihr zu demonstrieren, was er meinte, schob er ihre Beine auseinander und legte eine Hand auf ihre Mitte. Tara lehnte sich zurück und stützte sich auf den Händen ab. Ihre Leggins war dünn genug, sodass sie die Intensität des Streichelns gut spürte und einen leisen, gurrenden Laut tatsächlich nicht unterdrücken konnte.

»Genau dieser Ton ist okay«, sagte Julien und brachte sein Gesicht so nahe vor Taras, dass er ihr tief in die Augen schauen konnte.

»Und du darfst murren, wenn ich einen deiner liebsten Lustpunkte finde.«

Er hauchte einen Kuss auf Taras rechte Schulter, leckte mit der Zunge darüber und biss sie, ganz sachte nur. Weil ein Schauder über ihre Haut lief und das erwünschte Murren vom T-Shirt gedämpft wurde, lachte er leise und hob den Kopf, um sie abermals anzusehen. Seine Hände setzte er jetzt ein, um sie zu streicheln, über ihre Arme, ihren Rücken.

»Außerdem darfst du die Luft anhalten und sie mit einem Seufzen aus deiner Lunge lassen, wenn ich an deinen Nippeln ziehe.«

Wie großzügig!, dachte Tara. Sie schnaubte und zog eine Braue hoch, um ihn wissen zu lassen, dass sie keinen Laut von sich geben würde, doch als Julien ihren BH öffnete, stockte ihr der Atem. Ihre Brustwarzen hatten sich schon zu

Knospen zusammengezogen, die er nun zwischen Daumen und Zeigefinger zwirbelte. Von Sekunde zu Sekunde tat er das weniger behutsam, und am Ende zog er daran.

»Genau so«, murmelte er und beobachtete, wie sich ihre Augen weiteten und Röte in ihre Wangen stieg. »Na komm schon, wo bleibt mein kleiner Ton?«

Tara hielt ihn zurück, also provozierte Julien sie so lange, bis sie die Hände um seine Gelenke schlang, um ihm zu stoppen.

»Hey, wer hat dir das erlaubt?« Er schnalzte mit der Zunge, packte ihre Hände und band sie mit den Trägern des BHs zusammen. »Genügt es nicht, dass ich dich stumm mache? Musst du noch gefesselt sein?«

Um ihn zu reizen und ihrer Rolle in diesem Spiel gerecht zu werden, tat Tara so, als wollte sie aufstehen. Julien hielt sie fest und angelte sich einen längeren Riemen, der unter vielen an einer Wand hing. Den verknotete er mit dem BH und warf ein Ende über den Deckenbalken des Schuppens. Als er daran zog, wurden ihre Arme über ihren Kopf gehoben und so straff gezurrt, dass sie den Widerstand der Sehnen spürte. Nachdem Julien das Riemenende verknotet hatte, zog er Tara die Schuhe, die Leggings und im selben Handgriff den Slip aus.

»Ein Ächzen akzeptiere ich übrigens auch«, sagte er und nahm sich Taras Brustwarzen abermals vor, mit dem Mund diesmal. Zuerst die eine, dann die andere, bis beide wieder so aussahen, wie es ihm gefiel.

Tara genoss das Spiel seiner Zunge und Zähne, das Lecken und Knabbern. Sie konnte es kaum abwarten, seinen Mund weiter unten zu spüren, zwischen ihren Beinen. Dort prickelte und drängte die Lust, ließ sie unruhig auf der Kommode herumrutschen. Julien entging das natürlich nicht. Er gab ihre Nippel frei, schob ihre Beine ein Stück weiter auseinander und legte einen Finger auf den Punkt, der am dringendsten berührt werden wollte.

Das von ihm gewünschte Ächzen stieg aus Taras Kehle auf und wurde vom Stoff ihres T-Shirts aufgefangen. Sie ließ den Kopf zurückfallen und schloss die Augen, weil Juliens Finger ihren Kitzler umkreiste und ihr Nervensystem damit unter Strom setzte. Prompt begannen ihre Beine zu zittern und ihr Unterleib zuckte unter den ständigen Kontraktionen der Muskeln. Lange ließ er ihr diesen Genuss aber nicht. Er trat zurück, nahm einen zweiten, kürzeren Riemen von der Wand und spannte ihn.

»Du darfst keuchen, wenn du das Ziepen spürst«, sagte er, holte aus und zog den Riemen über ihre rechte Seite.

Es ziepte tatsächlich, und dann prickelte die Haut über der Stelle, die der Riemen berührt hatte. Unter dem T-Shirt kniff Tara die Lippen zusammen, um den erschrockenen Laut zurückzuhalten. Dabei warf sie Julien einen Blick zu, darin ein kurzes Aufblitzen von Empörung, doch er ignorierte das und sandte den Gurt ein zweites Mal über dieselbe Stelle. Sie schloss den Mund fester.

»Du gibst dir echt große Mühe, still zu sein«, knurrte Julien und ließ den Riemen über ihrer linke Seite sausen.

In einem Reflex zog Tara an den Fesseln, doch die hielten dem Ruck stand. Indes warf Julien den Riemen weg und zog sich die Hose über die Hüften. Ihr Blick fiel auf sein voll erigiertes Glied. Unwiderstehlich sehnig sah es aus, dunkelrot glänzend die Eichel. Er trat näher, um ihre Beine zurückzuschieben und festzuhalten.

»Du darfst schreien, wenn ich in dir bin.«

Kaum waren die Worte über seine Lippen, da war es schon soweit. Tara war nun sogar froh über das T-Shirt vor ihrem Mund, denn ihr Schrei hätte die Nachbarn in die Gärten stürmen lassen. Nicht nur seine Stöße machten sie an, sondern auch der Anblick, den sie und er gemeinsam hatten. Stirn an Stirn sahen sie zu, wie sein Schwanz wieder und wieder in ihre Spalte tauchte. Tara spürte, dass Julien kurz davor war zu kommen und war überrascht, als er sich aus ihr zurückzog. Er legte sich ihr Bein über die Schulter, um seinen Schaft in die Hand nehmen und ihn ein Stück tiefer zu dirigieren. Ihr wilder Herzschlag überschlug sich im Takt, als sie ihn zwischen ihren Pobacken spürte.

»Welche Laute machst du wohl, wenn ich ihn hier reinstecke«, murmelte Julien und wartete.

Tara blieb stumm. Sie erwiderte seinen Blick, wich ihm nicht aus, und ließ ihn so wissen, dass er es doch herausfinden sollte.

Julien legte auch ihr anderes Bein über seine Schulter. Dann zog er ihr das T-Shirt vom Mund und küsste sie, sanft und liebevoll. Während seine Hände über ihre Seiten streichelten, sie dann etwas fester packten, drang er in ihren Po ein, behutsam. Immer wieder hielt er inne und fing Taras Seufzen und Stöhnen in seinem Kuss ein.

»Ich will dir nicht weh tun«, flüsterte er zwischendurch.

Sie schüttelte den Kopf, denn das zuerst empfundene unangenehme Gefühl der Dehnung war abgeebbt. Jetzt, so kurze Zeit später, fühlte sie sich wie berauscht und auf verhängnisvoll süße Weise gelähmt. Sie wollte, dass er weitermachte.

Das tat er. Zentimeter für Zentimeter drang er vor und küsste sie immer wieder leidenschaftlich. Nur eine kurze Berührung ihres Kitzlers brauchte es nun, um Tara innerlich explodieren zu lassen. Julien stieß ein weiteres Mal in sie, ungehaltener und unkontrollierter diesmal, dann zog er sich aus ihr zurück und spritzte seinen Saft auf ihren Bauch.

***

Julien lachte, als er Taras Hände aus der eigenwilligen Fesselkonstruktion löste. Weil das nicht so einfach war, musste sie ebenfalls lachen. Sobald sie befreit war, schlang sie die Arme um ihn und legte den Kopf an seine Brust. Als er ihren Rücken streichelte, fielen ihr die Augen zu. Sie lauschte seinem Herzschlag, der noch schnell war, spürte ihn an ihrer Wange.

»Tut mir leid, was heute Morgen und die Tage davor passiert ist«, hörte sie ihn sagen. »Können wir es bitte alles vergessen?«

Tara nickte. »Mir tut es auch leid.«

»Und was diese Sache mit meinem Hals betrifft …«

»Ist schon gut«, unterbrach sie ihn.

»Nein! Hör mir zu! Nach dem Pub war ich im Woldenberg Park und bin eingepennt. Ich hab von Ben geträumt, dass er bei mir war und den Fuß auf meinen Hals setzte. Deshalb war ich vorhin so erschrocken. Ich hab überlegt, ob es nicht doch Wirklichkeit war.«

Taras schlechtes Gewissen meldete sich. Sie fühlte sich schäbig, weil sie ihn verdächtigt hatte, mit einer Frau herumgemacht zu haben.

»Warum hast du es nicht gesagt?«, murmelte sie und sah ihn an. »Wir hätten uns das ganze Theater erspart.«

»Ich musste meine Gedanken sortieren und wollte dich nicht erschrecken.« Julien küsste ihre Nasenspitze, sah sich dann um und grinste. »Das eben wäre dann allerdings nicht geschehen. Wozu ein Schuppen und all die Dinge darin doch nützlich sein können.«

»Tja, mit sowas kann dein Loft echt nicht punkten.«

»Kommst du trotzdem wieder mit zu mir?«

»Ich glaube wirklich nicht, dass Ben …«

»Nicht nur zu deiner Sicherheit, sondern auch, weil ich so gern in deiner Nähe bin.« Das kurze Blitzen in seinen Augen verriet, dass er sich an etwas erinnerte. »Ist Shadow eigentlich wieder aufgetaucht?«

Tara verneinte. »Er ist wie vom Erdboden verschluckt.«

»Bei all dem Stress hatte ich total vergessen, dir das zu erzählen. Ich hab ihn gesehen. Zumindest könnte ich schwören, dass er es war.«

»Echt?« Hoffnung vertrieb Taras gerade aufgekeimte Traurigkeit. »Das sagst du so nebenbei? Wo denn und wann?«

Julien erzählte, wie es gewesen war: »Am Dienstag, nachdem Ben bei mir war. In der Einfahrt zur Tiefgarage lief er vor mein Auto. Ich hab ihn gerufen und er hat mich erkannt, aber dann ist er wie der Blitz losgewetzt und verschwunden.«

Tara stellte sich die Strecke vor, die der Kater in der kurzen Zeit zurückgelegt hatte. »Dann ist er von hier bis zum Warehouse District gerannt? Wie viele Meilen sind das? Vier in etwa?«

Julien hockte sich neben sie auf die Kommode. »Kommt hin.« Er schürzte die Lippen als schätzte er die Entfernung ab. »Bei dem Speed, den er drauf hatte, passt die Zeit auch. Eine Stunde war er doch verschwunden, als du angerufen hast, richtig?«

»Ja, aber es ergibt keinen Sinn.« Ungläubig schüttelte sie den Kopf. »Warum sollte er dort hin? So gezielt scheinbar? Er war nie auch nur in der Nähe von Downtown. Er hat sein Leben im Garten der LaLaurie-Villa verbracht.«

Während sie nachdachte, erinnerte sie sich an eine andere merkwürdige Reaktion des Katers. »Als Ben mich damals geschlagen hat, ist ihm Shadow ins Gesicht gesprungen. Er hat mich verteidigt, was ich bis heute nicht verstehe.«

»Hm«, machte Julien nur und stand auf. Er hob Tara von der Kommode, stellte sie auf die Füße und nahm ihre Hand, um sie aus dem Schuppen zu führen. »Warten wir ab. Etwas anderes bleibt uns sowieso nicht übrig.«

Noch immer grübelnd folgte Tara ihm durch den Garten und ins Haus.

KAPITEL 5

Tara träumte von Shadow. Es war kein besonderer oder ungewöhnlicher Traum, wie in manch anderer Nacht, doch beim Aufwachen dachte sie zuerst an den alten Kater. Beinahe sechzehn war er inzwischen – falls er noch lebte. Beim Gedanken, dass er seit Tagen tot war und irgendwo einsam herumlag, stiegen Tränen in ihre Augen, unter ihre noch geschlossenen Lider. Ein Teil von ihr hielt seinen Tod für unmöglich, weil Shadow so lange in ihrem Leben gewesen war, ein anderer Teil stellte sich immer mehr darauf ein, ihn nie wiederzusehen. Sie hatte gehört, dass Katzen es am liebsten wie Indianer hielten: Wenn sie spürten, dass ihre Zeit gekommen war, zogen sie sich an einen einsamen Platz zurück und schliefen ein. So sehr die Pelztiere Streicheleinheiten zu Lebzeiten schätzten, so gern verzichteten sie auf das trauernde Tätscheln des Zweibeiners, wenn sie von der Welt gingen.

Sterberitual hin oder her, Tara hätte erwartet, dass Shadow sich in ihrem Garten verstecken oder zurück in die LaLaurie-Villa tigern würde, aber nicht wie der Blitz Richtung Downtown wetzte, wo es alles andere als still und einsam war. So hielt sie es für möglich, dass er einen Hirnschlag gehabt hatte und aus lauter Verwirrtheit losgerannt war.

Sie schob die traurigen Gedanken weg und zog die Bettdecke über die Nase. Dabei bemerkte sie, dass diese anders roch und sich anders anfühlte. Überhaupt war ihr Raumgefühl mit einem Mal irritiert, also linste sie durch die Wimpern. Ihr wurde klar, dass sie im winzigen Schlafzimmer von Juliens Stelzenhaus im Bayou war, und ein Lächeln schlich auf ihre Lippen. Sie drehte sich auf die andere Seite, wo Julien lag und im Schlaf leise schnaufte.

Eine Theorie, die Tara erst vor wenigen Tagen aufgestellt hatte, bedurfte ein Korrektur: Sex war nicht zwingend die beste oder eine grundsätzliche Methode der Streitschlichtung, bei bestehender Hoffnung konnte man es aber durchaus darauf ankommen lassen. Im Fall von ihr und Julien, wo eigentlich alles gesagt gewesen war, hatte es offenbar funktioniert. Nach dem Motto: *Jetzt aber mal genug mit dem Mist hier!* hatte er sie beide zur Vernunft gevögelt. Und wenig später hatte er beschlossen, dass es besser war, wenn sie das Wochenende nicht in der Stadt, sondern im Bayou verbrachten. Tara hatte ihre Reisetasche, mit der sie gerade bei ihm ausgezogen war, also wieder gepackt und auf den Rücksitz seines Wagens geworfen.

Am frühen Nachmittag hatten sie die ultraschmale, gerademal einen Highway und zwei Häuserreihen breite Landzunge zwischen den Seen Saint Catherine und Pontchartrain erreicht. Sie hatten den kühlen zehn Grad Celsius des Sees getrotzt, waren geschwommen und hatten sich danach in der Sonne auf der Veranda aufgewärmt. Da dank der ganzen Publicity inzwischen jeder wusste, dass die Frau an Juliens Seite Tara LaLaurie war, sorgten sie sich auch nicht um fotografierwütige Nachbarn.

Der Klingelton von Juliens Smartphone holte Tara aus ihren Gedanken. Sie beobachtete, wie er sich noch im Halbschlaf umdrehte und neben dem Bett wühlte, in den Taschen seiner Hose wahrscheinlich. Irgendwann fand er das Handy, plumpste zurück ins Bett und meldete sich mit noch träger Stimme. Aus seinen Worten schlussfolgerte Tara, dass er mit seiner Mutter sprach und sah auf die Uhr. Es war zwar schon zehn Uhr, aber dennoch eine merkwürdige Zeit für einen Small Talk über den Aufenthaltsort und die geplanten Tagesaktivitäten. Kaum hatte er aufgelegt, sich zu ihr herumgedreht und mit seinem Kuss ein »Guten Morgen« genuschelt, da klingelte es schon wieder.

Diesmal begrüßte er seinen Freund Patrick am Telefon, lachte kurz und bedankte sich. Als er abermals erzählte, wo er war und was er vorhatte, dämmerte Tara, was die Anrufe bedeuteten.

»Du hast Geburtstag?«, platzte sie heraus, als er endlich auflegte.

Er grinste, zog sie auf sich und legte die Hände auf ihren Po. »Ist möglich.«

Tara setzte sich auf seinen Bauch und patschte ihm auf die Brust. »Wieso hast du nichts gesagt? Jetzt hab ich kein Geschenk!«

»Du bist das Geschenk. Ich hab dich zwar selbst eingepackt, aber ausgepackt habe ich dich auch, also ist alles perfekt.«

»Du hast mich eingepackt?«

Julien zog eine Braue hoch, weil sie seinen Gag nicht sofort verstand. »In mein Auto.«

Tara beugte sich zu ihm, um ihm einen Kuss zu geben. »Herzlichen Glückwunsch, du Scherzkeks«, murmelte sie an seine Lippen. »Alles und vor allem Liebe!«

»Danke, mein kleiner Blackbird«, antwortete er und nahm ihr Gesicht in seine Hände. Seine Daumen strichen liebevoll über ihre Wangen, während sein Blick tief in ihren tauchte.

Tara beobachtete, dass das Grau seiner Augen dunkler wurde, wie so oft, wenn er sie Blackbird nannte. Etwas anderes fiel ihr ein.

»Du hättest Patrick und seine Familie hierher einladen können.«

Julien schüttelte den Kopf. »Heute will ich dich für allein haben. Zwar brennen seine Mädels auch darauf, dich kennen zu lernen …«

»Echt? Was hast du ihnen erzählt?«

»Gar nicht viel. Aber sie haben Wetten laufen, dass ich gar keine Freundin habe. Schließlich bin ich alt und komme immer allein zu Besuch.«

Tara rollte von ihm herunter und verschränkte die Arme hinter dem Kopf. »Aufmerksame Beobachterinnen«, sagte sie mit einem Grinsen.

»Na warte!«, grollte er und stürzte sich auf sie, um sie durchzukitzeln. »Für eine Sekunde war ich sicher, du würdest entschieden widersprechen.«

Kichernd versuchte Tara seine Hände zu stoppen und strampelte sich unter ihm weg. »Hey, du bist jetzt achtunddreißig«, keuchte sie und brachte sich in Sicherheit, indem sie aufstand. »Damit bist du sogar ein halbes Jahrzehnt älter als ich. Was erwartest du also?«

Als Julien aus dem Bett sprang, floh sie kreischend aus dem Zimmer. Eigentlich hatte sie nur in die Küche laufen wollen, doch als er sich bei der Verfolgung den Zeh an der Schlafzimmertür stieß, jaulte und fluchte und noch einmal »Na warte!« rief, flitzte sie auf die Veranda und die Treppe hinunter. Anders als das letzte Mal, als sie durch das seichte Uferwasser unter den Stegen der Nachbarhäuser entlang gelaufen war, verkrümelte sie sich zu den Stelzen, auf die das Cottage gebaut war. Das Wasser des Lake Saint Catherine stand nicht besonders hoch, und so wurden nur die vorderen der klobigen Holzpfähle umflutet.

Tara hielt den Atem an, als sie die ersten Schritte durch das Wasser machte, denn am Morgen und erst recht unter dem Haus, wohin kaum ein Sonnenstrahl gelangte, war es kalt. Leise prustend stakste sie nach hinten, wo der Boden von Sand bedeckt war, und versteckte sich hinter einem der Pfeiler. Sie lauschte auf Juliens Schritte, linste zur Treppe und hibbelte in der von diebischer Freude unterlegten Erwartung, ihn schimpfend herunterkommen zu sehen, doch nichts tat sich. Nicht in der nächsten Minute und auch nicht nach weiteren fünf.

»Spielverderber!«, brummelte sie leise und wollte sich auf den Rückweg machen, da legte sich eine Hand vor ihren Mund.

Julien schlang den Arm um sie und zog sie an sich. »Das halbe Jahrzehnt, das du jünger bist«, murmelte er an ihr Ohr, »scheint dich ziemlich leichtsinnig handeln zu lassen.«

Tara schnappte vor Schreck nach Luft. *Du Nuss hast nur zur Treppe geschaut!*, dachte sie. Währenddessen war Julien oben aus der Haustür spaziert und hatte sich in Seelenruhe aus der anderen Richtung angeschlichen. Ein Küchenhandtuch hatte er mitgebracht. Noch hinter ihr stehend, schlang er das um ihre Gelenke. Diesmal band er ihre Hände nicht hinter ihrem Rücken zusammen, sondern vor ihrem Bauch.

»Schon wieder fesselst du mich?«, murmelte sie und ließ es wie einen Tadel klingen.

Er stieß ein Knurren zwischen den Zähnen durch. »Beschwerst du dich etwa über einen Mangel an Abwechslung?«

»Absolut nicht.«

»Klang aber so, und an deiner Stelle würde ich das nicht zu laut tun.«

»Wieso nicht? Wenn es dir nicht passt, stopfst du mir sowieso den Mund.«

»Stimmt.« Er lachte, ohne amüsiert zu klingen und machte einen festen Knoten ins Handtuch. »Womit nur ist die Frage. Nicht schon wieder mit deinem T-Shirt, oder doch?«

Tara keuchte, als Julien ihr Shirt nach oben zerrte. Weil ihre Hände gefesselt waren, konnte er es ihr nicht ganz ausziehen, aber das hatte er auch nicht vor. Er ließ sie in den Ärmeln und zog es nur über den Kopf. Mit wenigen, wiederum liebevollen Handgriffen befreite er ihr langes, dunkles Haar, das unter dem Shirt im Nacken eingeklemmt worden war, und breitete es über ihren Rücken aus. Seine Berührung und der kühle Lufthauch sorgten für einen Schauder auf ihrer Haut. Unweigerlich zogen sich ihre Nippel zusammen und boten sich als perfekte Objekte zum Teasen an, doch Julien ließ sie in Ruhe. Er widmete sich wieder ihren zusammengebundenen Händen.

Das Handtuch war zu kurz, um es um den Pfeiler zu schlingen, doch das war gar nicht nötig, denn auf halber Höhe befand sich ein mehrfach gedrehter Haken, um den er die Öse des Handtuchs zog. Tara konnte kaum einen Blick darauf werfen, da verband er ihr die Augen mit einem zweiten Küchenhandtuch.

»Mir ist gerade noch etwas eingefallen«, raunte er an ihr Ohr und packte sie bei den Hüften.

Sie hielt den Atem an, biss sich auf die Unterlippe und wartete. Wie sie schon vermutet hatte, zog Julien ihr die Schlafshorts herunter.

»Was ist dir eingefallen?«, fragte sie.

Er gab ihr einen Klaps auf den Po. »Lass dich überraschen!«, antwortete er. »Ich bin bald wieder da.«

Tara drehte den Kopf und lauschte nach hinten, in seine Richtung. »Wie meinst du das?«

»Wie ich es gesagt habe.«

Sie spürte seine Nähe nicht mehr, hörte ihn auch nicht. Der Sand dämpfte seine Schritte – falls er tatsächlich so dreist war, sie jetzt und wie sie war allein zu lassen.

»Julien?«, wisperte sie, weil sie es nicht wagte, lauter zu sein. Zwar glaubte sie nicht, dass sich die Nachbarn ebenfalls unter ihren Häusern herumtrieben, doch auf die Idee bringen wollte Tara sie gewiss nicht.

Keine Antwort kam. Sie zog an dem Handtuch, in der Hoffnung, es vom Haken zu bekommen, war aber nicht erfolgreich. Eine weitere Weile verbrachte sie leise schimpfend mit dem Versuch, das Tuch vor ihren Augen mithilfe ihrer Schulter abzustreifen, doch auch das gelang nicht. Noch einmal rief sie Julien, ohne Antwort zu bekommen, und schon spürte sie echten Ärger in sich erwachen, da strich jemand über ihren Rücken.

»Julien?«, flüstere sie.

Es blieb still. Aus der streichelnden Hand wurden zwei. Ein neuer Schauder kriselte von Taras Nacken bis zu ihren Waden, als die Hände zuerst ihren Po und danach die Innenseiten ihrer Schenkel liebkosten.

»Julien! Sag einen Ton!«

Er tat ihr den Gefallen nicht. Offenbar wollte er, dass sie sich sorgte, von jemand anderem angefasst zu werden. Die Möglichkeit – war sie auch winzig und unwahrscheinlich – bestand immerhin. Ein Wort von ihm hätte sie beruhigt und die Zweifel ausgeräumt, doch sie kam nicht dazu, ihn erneut aufzufordern und vergaß die Ungewissheit, als ihre Scham gestreichelt wurde. Die Berührung fühlte sich grandios an, ließ sie stöhnen und gerade wollte sie mehr fordern, da spürte sie etwas anderes. Eine der Labien wurde geklammert, und zwar mit etwas anderem als einer Wäscheklammer, denn die war weniger stark und schmaler.

»Verdammt, was ist das …«, keuchte sie und erstarrte, als die anderen Labie das gleiche Schicksal ereilte.

Während das Pieken heftiger wurde und ein leiser, süßer Schmerz von ihrer Mitte in ihren Bauchraum flog, um sich dort mit der Lust zu mischen, wurde etwas um ihren linken Oberschenkel geschlungen – eine Art Strick, der mit der Klemme verbunden schien. Dieselbe Prozedur erwartete ihren rechten Oberschenkel.

Tara murrte und wand sich, denn ihre Lust war inzwischen kaum noch zu ertragen. Während die Gier in ihrem Unterleib tobte und das Beißen der Klemmen die Nervenbahnen strapazierte, wurde ihr Geist ganz leicht. Tara verlor das Gefühl für den Ort, obwohl sie das Gluckern der Wellen und der Geruch des Wassers intensiver als sonst wahrnahm.

Eine Berührung elektrisierte sie. Mit nur einer Fingerspitze, ganz leicht, wurde ihr Kitzler, umrundet. Tara zuckte zusammen und stöhnte leise, da hörte es auf. Sie wurde auf die Knie gedrückt, sodass sich die Arme über ihrem Kopf befanden, und Stück für Stück herumgerutscht, bis sich der Pfahl hinter ihr befand. Weil sich das Handtuch dabei zusammendrillte, schloss es sich fester um ihre Gelenke.

Schon jetzt war jede Bewegung ihrer Beine eine Herausforderung, denn die mit den Stricken verbundenen Klemmen zwickten ordentlich und teasten die Nerven. Immer neue heiße Schübe sausten unter ihrer Haut entlang und trieben ihr den Schweiß aus den Poren, obwohl es im Schatten unter dem Haus kalt war. Als ihre Schenkel nun aber auseinandergeschoben wurden, spannten sich die Stricke, und die Peiniger an ihren Labien trieben sie halb in den Wahnsinn. Sie biss sich auf die Lippen, wollte wieder berührt werden. Allzu lebhaft konnte sie sich ihren eigenen Anblick vorstellen, und zu gern hätte sie erfahren, was das mit Julien anstellte, doch weder ließ er sie etwas sehen, noch gab er sich durch seine Stimme zu erkennen.

Als Tara einen Atemhauch auf ihrem Mund spürte, beugte sie sich nach vorn, um über einen Kuss Gewissheit zu erlangen, doch da war nur Leere. Stattdessen spürte sie eine Hand auf ihrer Brust. Langsam wanderte sie abwärts und landete zwischen ihren Beinen, bei ihrer durch die Klemmen aufgezogenen Spalte. Zwei Finger waren es zuerst, die langsam in sie eindrangen. Tara lehnte den Kopf gegen einen Arm und bog den Rücken durch – eine Einladung, tiefer einzudringen, mehr Finger zu benutzen. Das geschah. Mit jedem Stoß kam ein Finger mehr hinzu, und bald war es die halbe Hand, die sie bis zur Unerträglichkeit reizte. Hin und wieder nur blitzte ihr Verstand durch ihre Gedanken, und in einer solchen Sekunde erinnerte sie sich an ihre ursprüngliche Sorge.

»Ich schreie, wenn du mir nicht sagst, dass du es bist!«, murmelte sie halb benommen und bedauerte es prompt, denn ihre Spalte wurde feucht und gierig allein gelassen.

Etwas Heißes, Glattes drückte gegen Taras Lippen, wurde dazwischengeschoben und in ihren Mund gestoßen. Jeder Zweifel war damit ausgeräumt, denn sie wusste nur zu gut, wie sich Juliens Schaft auf ihrer Zunge und an ihrem Gaumen anfühlte, wie groß er war und wie er schmeckte. Still bleiben konnte er nun außerdem nicht mehr und ächzte, als er ein weiteres Mal in ihren Mund eindrang. Tara schloss die Lippen fester um Juliens Erektion, brachte ihn binnen weniger Minuten zum Zucken und schmeckte die Süße seines Saftes auf ihrer Zunge.

Sie ahnte, wie es weiterging und war vorbereitet, als Juliens Finger abermals in sie eindrangen und sie im Wechsel sanft und derb zum Höhepunkt trieben. Sie vergaß die Nachbarn und schrie ihre Erleichterung heraus, entspannte sich dann und wartete, dass Julien die Klemmen von ihrer Pussy nahm. Er tat es schnell. Beide Male zuckte Tara doch zusammen, denn ohne die besänftigende Lust war der Schmerz heftig.

Ein Trost war Juliens Kuss. Während er ihre Hände aus den Fesseln befreite, spielte sein Mund liebevoll mit ihrem. Auch das Tuch vor ihren Augen nahm er herunter. Tara musste ein paar Mal blinzeln, um wieder klar zu sehen. Angesichts Juliens zufriedener Miene grinste sie. Das Gesicht in beide Hände gestützt, hockte er vor ihr und betrachtete sie. Tara zog die Shorts hoch und das T-Shirt wieder richtig an.

»Gehen wir schwimmen?«, fragte er, stand auf und reichte ihr die Hand.

Sie ließ sich von ihm hochziehen. »Gute Idee«, antwortete sie, »eine willkommene Abkühlung.«

Julien ließ das so stehen und führte sie die paar Stufen hinauf, die auf halber Höhe zur Veranda auf den Steg führten. Gut zwanzig Meter reichte er in den See. Julien und Tara tauschten einen verschwörerischen Blick, dann rannten sie Hand in Hand über die von der Sonne schon warmen Planken und sprangen, wie sie waren, ins Wasser.

Sie schwammen ein ganzes Stück hinaus. Julien kraulte und war schneller, Tara paddelte auf dem Rücken liegend, den Blick in den Himmel gerichtet. Weil Julien zurückkam, kehrte Tara ebenfalls um und tauchte unter. Als sie wieder auftauchte, sah sie Julien nicht und drehte sich suchend nach ihm um. Dabei fiel ihr Blick auf die Stelzenhäuser am Ufer und eine dunkel gekleidete Gestalt, die am Anfang von Juliens Steg, direkt unterhalb seiner Veranda stand und zu ihnen zu schauen schien. Tara rieb sich das Wasser aus den Augen, um besser sehen zu können, da wurde sie am Fuß gepackt und unter Wasser gezogen. Julien wollte sie necken und hielt sie weiter fest, doch sie strampelte sich frei, kam prustend nach oben und spähte abermals zu den Cottages. Juliens Steg war nun leer.

Er tauchte neben ihr auf. »Ist alles okay?«, schnaufte er und strich sich die Haare zurück.

Taras Blick war weiterhin auf den Steg und das Haus geheftet. Dass sie fröstelte, lag nicht an der Wassertemperatur.

»Was ist los, Tara?«

»Jemand stand auf deinem Steg und hat zu uns geschaut.«

Er fuhr herum, suchte die Gegend ab. »Ein Nachbar vielleicht? Aber die haben eigentlich ihre eigenen Stege.«

»Eben.«

»Vielleicht war es ein Wanderer, jemand, der die Landbridge erkundet. Wie sah er denn aus?«

»Ich weiß nicht genau.« Tara schüttelte den Kopf und schwamm weiter. »Nicht wie ein Wanderer auf jeden Fall. Er war dunkel gekleidet. Ich glaube, er hatte eine Kapuze über dem Kopf.«

Julien schloss zu ihr auf. »Ein Einbrecher am Morgen?«, grübelte er, aber Tara nahm ihm nicht ab, dass er an einen Einbrecher dachte. Er wirkte plötzlich so nervös wie sie.

Als sie die Gestalt entdeckt hatte, war ihr zuerst Ben eingefallen. Julien schien es ebenso zu gehen – ohne, dass er ihn gesehen hatte.

***

Weder vor dem Cottage noch darin hatte es eine Spur von einem Eindringling gegeben. Inzwischen war es später Nachmittag, und Tara hielt es für möglich, dass ihr das Bewusstsein einen Streich gespielt hatte. Die Zeit der Heimkehr nach New Orleans rückte außerdem näher. Sie verspürte einen leisen Unwillen, das Nichtstun im Bayou gegen die Pflichten in der Stadt zu tauschen. Die beiden Tage mit Julien allein hatten so gut getan, dass sie wünschte, es wäre schon Spring Break, doch bis dahin dauerte es noch einen Monat. Erst Anfang April ging die UNO mit anderen Universitäten des Staates in die kurzen Frühjahrsferien.

Während Julien Fleisch auf den Grill legte, bereitete Tara Antipasti für den Backofen vor.

Aus einem Küchenradio, das seine besten Tage längst erlebt hatte und nur noch einen Sender empfing, dudelte Musik, die Tara innehalten ließ.

»Das ist es wieder, dieses Lied«, rief sie zu Julien auf die Veranda. »Das lief im Auto, als du mich als knurriger Brummbär im Missi Spirits abgeholt hast.«

»Tzz, knurriger Brummbär«, gab er zurück, klappte den Grill zu und kam herein. »Er ist traurig, dieser Song.«

»Ich war auch traurig, deshalb hat der Text wohl mit mir kommuniziert.« Tara schob das Gemüse in den Ofen, wandte sich zu Julien um und lehnte sich an den Tresen. »Er singt von einem Park, in dem sie ihn zum letzten Mal treffen soll, und ich dachte an unser Fleckchen Gras im Woldenberg Park.«

»Ging mir genauso«, antwortete er und kam zu ihr. »Deshalb hat es mich nach dem Pub dorthin gezogen. Ich hab mich hingelegt, bin eingeschlafen und hatte diesen Traum.« Er sah Tara an, schien mit sich zu hadern, sprach seine Gedanken dann aber aus: »Vorhin im Wasser, du glaubst, der Mann auf dem Steg war Ben?«

Tara nickte. »Und du? Du denkst, dein Traum war gar keiner, richtig?«

Julien schien nicht so recht antworten zu wollen. Er zuckte mit den Schultern und sah sich um. »Besser wir kommen erst wieder her, wenn eine Alarmanlage installiert ist.«

»Sollten wir mit der Polizei sprechen?«

»Naja, verlässliche Aussagen können wir nicht gerade machen. Ich mit meinem Traum und du hundert Meter vom Haus entfernt mit Wasser in den Augen. Aber ich spreche morgen mit Detective Delainy.«

Tara verschränkte die Arme vor der Brust, weil sie fröstelte. Gruselig war der Gedanke, dass Ben alle in die Irre geführt hatte und sich noch in New Orleans aufhielt – wo man ihn am wenigsten erwartete.

KAPITEL 6

In der ersten Vorlesung am Montag, die vor den Studenten des zweiten Semesters stattfand, kam Tara zum letzten Autoren des von ihr besprochenen Genres der Dunklen Romantik. Mit Herman Melville und Nathaniel Hawthorne hatte sie den Studenten bereits zwei absolute Lieblinge vorgestellt. In den kommenden Wochen würden sie sich mit ihrem absoluten Favoriten, dem Altmeister des Horrors, Edgar Allan Poe, beschäftigen. In der Vorbereitung hatte sie die Interpretation von *Der Rabe* aufgegeben, mit der sie nun beginnen und die erste Strophe des Gedichtes vorlesen wollte.

»Once upon a midnight dreary ...«

Weiter kam sie nicht, denn plötzlich ging das Licht im Hörsaal aus. Weil es im Raum keine Fenster gab, war es stockdunkel. Vor lauter Verwunderung waren die Studenten erst still, dann lachten sie und einer rief: »Meine Güte, Miss

LaLaurie, da ist es aber schnell Mitternacht geworden!«

Ein paar schalteten die Displays ihrer Handys ein, um ein bisschen Licht zu haben. Tara tastete nach der Fernbedienung, mit der alle Elektrik im Raum zu kontrollieren war, fand sie und drückte ein paar Knöpfe für verschiedene Lichtquellen, doch alles blieb dunkel. Sie bat die Studenten, auf den Plätzen zu warten und tappte mit Hilfe der Taschenlampenfunktion am Handy die Stufen hinauf zum Ausgang. Vor der Tür war es zwar hell, denn im Korridor gab es Fenster, doch sie traf auf Kollegen, die dasselbe Problem hatten. In der gesamten Fakultät schien der Strom ausgefallen zu sein.

Ein Kollege machte sich zum Büro des Dekans auf. Nach zehn Minuten teilte er die Info, dass die ganze Universität vom Stromausfall betroffen war und am Problem gearbeitet wurde. Alle Studenten waren inzwischen aus der Vorlesungssälen und -räumen gekommen und warteten in der Cafeteria oder im Freien.

Eine Stunde später wurden Tara und die anderen Dozenten gebeten, die Studenten nach Hause zu schicken und ebenfalls freizumachen. Ein Hauptstromkabel war defekt und musste vom städtischen Stromversorger repariert werden, was einige Stunden in Anspruch nehmen würde.

Bis zum Mittag war Tara in ihrem Büro und räumte den Schreibtisch auf, leerte Ablagekästen und sortierte Unterlagen. Auf dem Weg zum

Lunch in einem Hähnchen-Restaurant traf sie eine Kollegin, die den Vormittag ähnlich herumgebracht hatte. Sie aßen zusammen und taten dann, was ihnen ans Herz gelegt worden war: Sie machten frei.

Tara fiel ein guter Ort dafür ein. Sie war ewig nicht dort gewesen, weil sie die Nacht bevorzugte und ihr diese Besuche unter Androhung von Gefängnis von Ethan verboten worden waren. Zweimal war sie deshalb schon verhaftet worden. Jetzt blieben noch zwei Stunden bis zur Schließzeit um fünfzehn Uhr. Weil es Montag war und mit Anfang März alles andere als die Touristen-Hauptsaison, hoffte sie auf wenig Besucher und fuhr zum Saint Louis Cemetery I.

Die Hoffnung zerschlug sich beim Anblick der vielen kunterbunt gekleideten Menschen. Mit Sonnenhut, Rucksack und Lunchpaket rannten sie von einer Gruft zur nächsten und ließen sich, wie für eine Zahnpasta-Werbung lächelnd, davor knipsen. Die meisten schienen einer Gruppe anzugehören und befanden sich auf einer Voodoo-Tour durch New Orleans. Besonders viele Menschen drängten sich um die Krypta der Voodoo-Queen Marie Laveau. Es wurden Kreuze gezeichnet und Münzen in eine Tasse geworfen, damit sich persönliche Wünsche erfüllten. Ein anderes Highlight war die Grabstätte der sadistischen Serienmörderin Delphine LaLaurie. Dass Tara den Familiennamen mit einer Mörderin teilte, hatte schon einige Male in ihrem Leben zu unangenehmen Situationen geführt, insbesondere seit ihr Bruder Ben wegen Mordes angeklagt worden war. Noch viel früher hatte sie Nachforschungen angestellt, um eine Verwandtschaft zu dieser Frau ausschließen zu können.

Die LaLaurie-Krypta mied sie heute wie auch die der Voodoo-Priesterin wegen der vielen Besucher. Sie zog sich in eine stille Ecke mit wenigen spektakulären Grabstätten zurück und spazierte gedankenverloren über die Pfade. Ein bisschen wehmütig erinnerte sie sich an die Nächte, in denen sie den Friedhof mit niemanden hatte teilen müssen, und suchte nach dem Platz an der Mauer, an dem sie im vergangenen September von der Polizei geschnappt worden war, da fiel ihr Blick auf einen Schatten. Sie blieb stehen, hob die Hand vor die Stirn, um das Sonnenlicht abzuschirmen und besser zu sehen und starrte auf den Pfad zwischen zwei Krypten. Da war niemand. Sie ließ den Blick wandern, suchte an anderen Stellen, drehte sich schließlich um und erschrak fürchterlich. In einiger Entfernung, zwanzig Meter vielleicht, stand die Gestalt, die sie am Vortag auf dem Steg vor Juliens Haus entdeckt hatte. Er trug Jeans und ein Sweatshirt, dessen Kapuze über den Kopf gezogen war und sein Gesicht im Schatten verbarg. Die Hände steckten in der Bauchtasche des Sweatshirts.

Tara spürte Angst in sich erwachen, aber auch Wut. Letztere gewann an Kraft, dies vor allem durch die Gewissheit der Öffentlichkeit, also gab sie sich einen Ruck und ging auf die Gestalt zu. Er wartete ab, zwei drei Schritte nur, dann drehte er sich um und verschwand in einem Seitengang. Als Tara dort ankam, war der Pfad leer.

Ihre Hände zitterten, als sie ihr Handy aus der Jackentasche zog. Sie wählte den Notruf, wartete auf das Klingeln und blickte sich um, inzwischen so nervös, dass sie den Pulsschlag in ihren Ohren hörte. Die Stimme der Frau, die den Anruf entgegennahm drang wie aus einer anderen Dimension zu ihr. Tara zerrte ihren Geist in die Realität zurück, klärte ihre Kehle mit einem Räuspern und meldete sich mit dem Grund für den Anruf: Dass sie glaubte, Ben LaLaurie gesehen zu haben.

***

Eine Stunde später war der Cemetery I vergleichsweise leer. Alle Touristen waren überprüft und gebeten worden, das Gelände zu verlassen. Nur Tara und die Cops hielten sich noch dort auf. Der Friedhof lag im Distrikt acht, dem Zuständigkeitsbereich des Departements, das Ethan befehligte. Er war selbst gekommen und stand zusammen mit Detective Delainy bei Tara. Während sie die Gestalt und sein Verhalten beschrieb, durchkämmten Streifenpolizisten systematisch jeden Quadratmeter des Friedhofs. Die Suche verlief ohne Ergebnis und auch die Fragen der Cops führten nirgendwohin. Tara sollte erklären, warum sie glaubte, dass die Gestalt Ben LaLaurie war. Das konnte sie nicht, und ihr Gefühl war insbesondere Detective Delainy zu wenig Fakt. Am Ende begleitete Ethan sie zum Ausgang.

»Soll ich dich nach Hause bringen?«, fragte er.

Tara verneinte. Ethan schien nicht zu wissen, dass sie bei Julien wohnte, und sie sah keinen Grund, es ihm mitzuteilen.

»Beruhig dich, okay?«, sagte er dann. »Ich kann verstehen, dass du Angst hast, aber du siehst Gespenster. Ben ist in Südamerika. Er kann sich hier nicht rumtreiben.«

»Julien ist er auch begegnet. Er dachte, es sein ein Traum, aber ...«

Ethan unterbrach sie. »Es war ein Traum. Und Eisauge war sturzbetrunken. So steht es im Protokoll.«

Tara musterte Ethan. Ein Teil von ihr wollte eine verächtliche Bemerkung zu seinem Handeln nach Vorschrift machen und ihn außerdem an Juliens Namen erinnern. Beide Kommentare schluckte sie runter, verabschiedete sich mit einem knappen Gruß und ließ ihn stehen.

Auf dem Weg zu ihrem Auto versuchte sie, ihre Gedanken zu sortieren, hatte aber das Gefühl, dass in ihrem Kopf eine immer größere Unordnung entstand. So mit sich beschäftigt, achtete sie nicht auf ihre Umgebung und sah verwundert auf, als sie ihren Namen hörte. Im Gehen wandte sie sich um, entdeckte Charlene und blieb stehen. Die Bibliothekarin der UNO lächelte freundlich und kam näher. Wie zuletzt trug sie statt ihrer sonst farbenfrohen Kleidung von Kopf bis Fuß

Weiß, das ein starker Kontrast zu ihrer beinahe schwarzen Haut war.

Tara fühlte sich prompt mies, weil sie seit ihrer Differenz zwar einmal in der Bibliothek gewesen war, Charlene aber gemieden hatte. Sonst hatte sie ganze Abende dort verbracht. Die klassische Musik, die Charlene immer als Absacker für sie beide gespielt hatte, war ein schönes Ritual gewesen und ihre kurzen Gespräche hatten irgendwie gut getan. Mit Ausnahme des letzten, in dem die Bibliothekarin vorausgesagt hatte, dass das Grau um Tara herum dunkler werden würde – dass ihr das Schlimmste also noch bevorstand. Wie es aussah, hatte sie Recht gehabt.

Weil Charlenes Blick zu Taras leerem Dekolleté flog, erinnerte sie sich an die Kette, die noch im Handschuhfach ihres Autos lag.

»Ich habe überreagiert«, murmelte sie. »Tut mir echt leid.«

Charlene winkte ab. »Wer hätte nicht überreagiert in deiner Situation?« Sie kam näher. »Wie geht es dir?«

Tara schnaubte. »Naja. Gerade im Moment fühlt es sich ziemlich grau an.«

»Tut mir sehr leid. Ich wünsche dir, dass sich alles fügt.« Mit einer Kopfbewegung wies Charlene auf einen Häuserblock. »Ich würde dich auf einen Tee einladen. Hast du Zeit?«

»Gern.« Tara ließ den Autoschlüssel, den sie schon aus der Tasche gekramt hatte, wieder verschwinden. »Gehen wir in ein Café?«

Charlene schüttelte den Kopf. »Zu mir. Ich wohn hier gleich um die Ecke.«

***

Wie sich herausstellte, lebte die Bibliothekarin ganz in der Nähe des Saint Louis Cemetery I. Ihr Haus war nicht nur ein Heim, sondern auch eine Wirkungsstätte, die sie von ihrer vor kurzem verstorbenen Mutter übernommen hatte. Bei Tee und Gebäck erfuhr Tara Dinge, die sie staunen ließen.

Charlenes Mutter war eine Voodoo-Priesterin gewesen – eine von vielen in New Orleans. Während ihrer letzten Lebensjahre hatte sie ihre Tochter ausgebildet und schließlich zu ihrer Nachfolgerin gemacht. Charlene besaß die Gabe und sollte die Dienste weiter anbieten. Das waren so einige: Hochzeiten und Taufen, Segnungen und Fluchbeseitigungen, aber auch die rituelle Aufrufung der Ahnen und Therapiesitzungen zur emotionalen oder physischen Heilung.

Während Charlene erzählte, sah Tara sich um und war froh, dass es keine Plastiktotenköpfe, Voodoopuppen oder anderen Gruselschnickschnack gab, wie man ihn in vielen Voodoo-Studios des French Quarters fand. Die populären Chicken Feet – dehydrierte und schwarzlackierte Hühnerfüße – entdeckte sie allerdings. Menschen in New Orleans hängten sie über ihre Wohnungstüren und an Rückspiegel im Auto, um Dämonen und Diebe fernzuhalten. Das Shop-Sortiment umfasste außerdem Seifen, mit denen man sich für einen finanziellen Segen die Hände wusch und Kerzen, die man anzündete, um eine Liebe zu verstärken.

Während der Öffnungszeiten des Studios, an den Vormittagen, wenn Charlene keinen Dienst in der Universitätsbibliothek hatte, und spätabends kamen die Leute für eine Beratung oder Heilung, viele auch, die nicht krankenversichert waren und sich keinen Arzt leisten konnten. An den Wochenenden stand die Tür des Studios Besuchern ununterbrochen offen.

Über das Grau, das Charlene in Taras Leben gesehen hatte, sprachen sie nicht sofort, denn die Umgebung und Charlenes zweite Berufung warfen so viele Fragen auf. Tara fand es einerseits merkwürdig, die Freundin in diesem so andersartigen Umfeld zu erleben, andererseits war sie total neugierig und fasziniert. Möglicherweise wären sie später auf das Amulett oder die Situation zu sprechen gekommen, hätte Taras Handy nicht geklingelt. Die Nummer auf dem Display war die von Taras Nachbarn in West Riverside.

»Hey, Tara.« Die Frau klang nervös. »Ich bin gerade von der Arbeit rein und wollte im Garten was tun. Da hab ich die Katze gesehen.«

Taras Herz hüpfte vor freudiger Überraschung. »Shadow? Ist er wieder da?«

»Naja …« Die Nachbarin zögerte. Erst jetzt fiel Tara auf, dass der nervöse Unterton eher negative Schwingungen besaß.

Sie stand auf, wappnete sich. »Was ist los? Was ist mit ihm?«

»Tut mir echt leid, Tara«, stammelte die Frau weiter. »Die Katze lebt nicht mehr. Liegt bei dir auf der Terrasse. Natürlich bin ich nicht sicher, dass es Shadow ist, aber warum sollte eine fremde schwarze Katze …«

Tara unterbrach sie mit einem hastigen: »Ich bin gleich da!«, legte auf und verabschiedete sich von Charlene.

Sie rannte zurück zum Auto und düste vom Stadtzentrum nach West Riverside.

Lass es nicht Shadow sein! Lass es nicht Shadow sein!, sagte sie sich im Stillen immer wieder, stellte sich aber mit jedem zurückgelegten Kilometer mehr auf den Anblick ein. Schließlich hatte sie vermutet, dass die Altersdemenz ihn getrieben hatte. Möglicherweise war er nun doch zum Sterben an einen vertrauten Ort zurückgekehrt, statt irgendwo in der Fremde das Zeitliche zu segnen. Schrecklich war der Gedanke trotzdem und insbesondere, weil sie nicht zu Hause gewesen war.

An einer letzten roten Ampel rief sie Julien an, doch sein Smartphone meldete sich mit der Sprachbox. Tara hinterließ ihm eine Nachricht und versuchte es bei Kat, die auch nicht ranging. Wahrscheinlich hatte sie das Handy wieder im Büro des Missi Spirits liegen lassen. Tara fuhr weiter, erreichte ihre Straße und parkte den Wagen ohne ein ermutigendes Wort von ihren beiden engsten Vertrauten gehört zu haben. Sie stieg aus und lief geradewegs zwischen ihrem und dem Nachbarhaus hindurch in den Garten. Die Nachbarin, die sie angerufen hatte, stand mit ihrem Mann und der rechtseitig wohnenden Frau vor der Terrasse. Murmelnd und mit in die Seiten gestemmten Armen betrachteten sie das schwarze Fellknäul, das zu ihren Füßen auf der Seite lag. Taras Magen verkrampfte sich bei dem Anblick und Tränen schossen ihr in die Augen.

Die Leute begrüßten sie in gedämpftem Ton und traten zurück. Tara hockte sich vor das Tier und schaute es sich an. Erleichterung durchflutete sie. Die schmale Gestalt ließ darauf schließen, dass es sich um eine Katze handelte, nicht um einen Kater. Außerdem standen die Augen offen – wie bei jeder toten Katze – und die waren nicht gelb, wie Shadows, sondern blassgrün. Wirklich durchatmen konnte Tara allerdings nicht, denn etwas weckte ihren Argwohn: die Haltung der Katze wirkte unnatürlich schlaff. Nicht, als habe sie sich hingelegt und sei gestorben, sondern als ob sie platziert worden war. Sie fasste sich ein Herz und strich über das Fell des Tieres, dann über den Kopf und den Nacken. Hier hielt sie inne und spürte die Knochen nach, wobei sie eine Unterbrechung feststellte.

Während sie die Fakten im Stillen summierte stockte ihr Atem. Tara biss die Zähne zusammen, um still zu bleiben und sich vor den neugierigen Nachbarn nichts anmerken zu lassen. Sie stand auf, setzte eine erleichterte Miene auf und sagte den Leuten, dass es nicht Shadow war. Sie nahmen es hin und trollten sich in ihre eigenen Gärten. Tara ging zurück in Richtung Straße und zum Hauseingang.

Im Haus schlug ihr der Geruch von abgestandener Luft entgegen. Sie öffnete zwei Fenster, statt der Tür zur Terrasse, denn den Anblick der toten Katze wollte sie sich zum Verschnaufen ersparen. Ein zweites Mal an diesem Tag wählte sie die Nummer der Polizei und beantwortete die für richtige Notfälle eigentlich viel zu geduldigen Fragen des Cops am anderen Ende. Kaum hatte sie aufgelegt, da meldete sich Julien. Wegen einer Bitte um Verteidigung vor Gericht war er in Angola, dem Staatsgefängnis von Louisiana gewesen, wo die Benutzung von Mobiltelefonen auch Besuchern verboten war. Es lag im Norden des Bundesstaates und die Fahrt würde ihre Zeit dauern, doch als Julien von den Geschehnissen des Tages hörte, versprach er zu fliegen.

Diesmal fiel der Fall in die Zuständigkeit von Distrikt zwei, und so kam nur ein Cop-Duo im Streifenwagen vorbei. Eine Katze mit Genickbruch – sei es auch eine im Garten von Tara LaLaurie – wurde für nicht mehr als gemeine Tierquälerei gehalten. Der Vollständigkeit halber befragten die Beamten die Nachbarn nach ungewöhnlichen Vorkommnissen, doch erwartungsgemäß hatte niemand etwas bemerkt. Die Cops vermuteten, dass die Katze schon in der Nacht auf die Terrasse gelegt worden war. Über den

Grund würden sie nicht spekulieren, sondern den Kadaver mitnehmen, auf Spuren und Hinweise zum Täter untersuchen lassen und Detective Delainy eine entsprechende Notiz zukommen lassen.

Die beiden wollten das Tier gerade einpacken, da stand Ethan bei ihnen, sah sich die Katze an und stellte Tara Fragen, die sie bereits beantwortet hatte. Als sie ihm das sagte, erteilte er den Cops Anweisungen zu Handlungen, die sie längst beschlossen hatten und reagierte säuerlich, als Tara ihn darauf hinwies. Sie wusste, dass er es nicht ausstehen konnte, wenn sie ihn korrigierte und dass er auf Kritik an seiner Arbeit ganz und gar empfindlich reagierte. Weil er nichts anderes zu tun beabsichtigte als die Cops aus dem eigentlich zuständigen Distrikt, verstand sie allerdings nicht, wieso er die beiden nicht einfach machen ließ.

Julien, der ebenfalls eintraf, war über Ethans Anwesenheit gleichermaßen verwundert und noch weniger erfreut. Die beiden Cops trugen den Tierkadaver gerade zu ihrem Wagen und verabschiedeten sich, doch Ethan machte keine Anstalten zu gehen. Als Julien Tara begrüßen wollte, legte Ethan ihr einen Arm um die Schultern, zog sie ein Stück heran und brummte: »Ein schwerer Tag für meine kleine Miss PhD.« Bei seinen Worten suchte er ihren Blick, doch sie erwiderte ihn nicht. Sie befreite sich von Ethan und ging zu Julien. Er küsste ihre Stirn, zog sie dann in seine Arme und streichelte über ihren Rücken.

»Welcher Distrikt ist das hier eigentlich?«, hörte sie ihn fragen.

»Der zweite, wieso?«, antwortete Ethan.

Julien schien das kurz zu bedenken. »Und Ihr Distrikt, Mr. McAllister, ist das nicht der achte?«

»So ist es. Aber wieso fragst du, Kumpel? Ich hab den Funkspruch gehört und bin hergekommen. Passt es dir nicht, dass ich mich kümmere? Warst du denn hier, um für sie da zu sein?«

Ethans Provokation ließ Tara die Luft anhalten. Julien blieb ruhig. »War das Ihre Hoffnung? Dass ich nicht da bin?«

In der Befürchtung, dass Ethan eine Diskussion über sein Recht und seine Pflicht vom Zaun brechen würde, löste sich Tara aus Juliens Umarmung.

»Ethan, danke für dein Engagement«, sagte sie. »Ich denke, jetzt ist alles erledigt.«

Der Blick des Cops flog von Julien zu ihr. Er verkniff den Mund, nickte und setzte sich in Bewegung. Als er um die Hausecke verschwand, drehte sich Tara erleichtert zu Julien um. Der schob sein graues Jackett zurück, stemmte die Hände in die Seiten und runzelte die Stirn.

»Schau mich nicht so vorwurfsvoll an«, entfuhr es ihr ungewollt barsch. »Ich hab ihn nicht herbestellt.«

»Das ist mir schon klar«, entgegnete er und glättete seine Miene. »Ich kann den Kerl einfach nicht ausstehen, und es geht mir auf den Wecker, dass er ständig deine Nähe sucht, dich antatscht.«

»Das hat er eben erst gemacht, als du da warst. Vorher hat er mich nicht angefasst.«

Julien schnaubte und nahm auf einem Gartenstuhl Platz. Eine Weile noch grummelte er vor sich hin, dann zog er Tara auf seinen Schoß und lauschte ihren zum großen Teil leider unerfreulich abwechslungsreichen Erlebnissen des Tages.

KAPITEL 7

Am nächsten Morgen hätte Julien wieder Punkt neun im Büro der Staatsanwältin sitzen müssen, um die Ereignisse des Vortags, die er bereits kannte, zusammengefasst zu bekommen.

Detective Delainy würde die Gestalt, die Tara inzwischen zweimal gesehen hatte und die große Ähnlichkeit mit dem Brutalo aus seinem Traum besaß, nicht ohne Beweise mit Ben LaLaurie in Verbindung bringen. Den wähnten er und jeder andere Entscheidungsträger in Südamerika – bloß weil sein Alias eingecheckt hatte und die Passagierzahl im Flugzeug vollständig gewesen war. Bei einem gut ausgeklügelten Plan, wie Julien ihn Alexander LaLaurie zutraute, hätte allerdings auch eine andere Person in die Verkleidung schlüpfen und fliegen können, doch davon wollte niemand etwas wissen. Am allerwenigsten Alexander selbst, der ein beinahe bewundernswertes schauspielerisches Talent bewies, indem er sich tief beschämt über das Verschwinden seines Sohnes zeigte. Die Person in Kapuzensweatshirt war bereits im Montags-Meeting diskutiert worden. Detective Delainy und Susan Birdman hielten den Mann für einen Stalker mit noch ungeklärter Motivation und nahmen an, dass er Tara Angst machen wollte.

Weil Julien die Diskussionen leid war, fuhr er nicht zum Meeting, sondern zur Royal Street im French Quarter, wo sich die Wache des achten Distrikts befand. Es gab ein anderes Problem, das er zuerst aus der Welt geschafft haben wollte. Er parkte sein Auto auf einem für Streifenwagen reservierten Parkplatz, ging ins Gebäude und fragte einen Cop nach Ethan.

Breitbeinig und mit schwingenden Schultern, in der typischen Gangart eines Mannes mit zu viel Muskelmasse, stapfte Ethan den Gang entlang. Er zwang sich zu einem Lächeln und begrüßte den Besucher mit einem festen Handschlag. Bevor er einen Spruch reißen konnte, sagte Julien:

»Morgen, Chief! Ich steh auf einem Ihrer Parkplätze. Ist doch okay, oder?«

Ethans Lächeln wurde noch steifer als es sowieso war. Ohne Zweifel erinnerte er sich an seinen Besuch in Juliens Büro, bei dem er so frei gewesen war, Juliens Parkplatz zu benutzen.

»Klar, ist okay«, grummelte er und bat einen anderen Cop um einen Funkspruch an die Jungs auf Streife. Sie sollten einfach noch ein paar Runden durch den Distrikt drehen. Dann forderte er Julien auf, ihm in sein Büro zu folgen und ging voraus.

Ethans Reich erinnerte an die Bude eines mit der Prüfungsvorbereitung heillos überfordernden Studenten. Papierstapel türmten sich auf und neben dem Schreibtisch. Geputzt worden war schon lange nicht mehr, sicher weil keine Putzfrau durchkam. Der Schreibtisch war alt, der Ledersessel dahinter verschlissen. Die Sonnenblenden an den Fenstern hatten sich zum Teil so verdreht, dass sie nicht mehr funktionieren konnten.

Ethan setzte sich auf seinen Platz, bot Julien den Stuhl vor dem Schreibtisch an und begann das Gespräch mit einem versucht lockeren: »Was führt dich zu mir, Kumpel?«

Julien kam gleich auf den Punkt und blieb, wie immer, förmlich. »Ihr Interesse an Tara, Mr. McAllister. Meinen Sie nicht, Sie sollten langsam aufgeben?«

Ethans Lachen klang nicht belustigt, sondern eher überrascht. »Aufgeben? Tara? Sie ist eine Freundin, um die ich mich kümmere.«

»Ist mir aufgefallen, dass und in welchem Ausmaß Sie sich kümmern. Sie drängen sich aber auf und machen sich inzwischen lächerlich.«

Ethans Miene verhärtete sich. Er runzelte die Stirn und funkelte Julien aus seinen blauen Augen an. »Das ist deine Meinung, Kumpel.«

»Taras auch.«

»Soll sie mir selber sagen.«

»Das hat sie. Mehrfach. Deutlich. Und sie wird sich nicht umentscheiden, nur weil Sie ständig versuchen, mich in Ihren Schatten zu stellen.« Julien musterte Ethans kräftigen Oberkörper. »Mit Ihrem Body mag Ihnen das gelingen, aber in allen anderen Belangen …« Er beendete den Satz nicht, um den Cop nicht direkt zu beleidigen.

Der hatte immer mehr Mühe, gelassen zu bleiben. »Tara und ich hatten eine Beziehung …«

»Sie hatten Sex«, fiel ihm Julien ins Wort. »Würde Tara Wert auf Ihre so genannte Freundschaft legen, würden Sie von ihr hören, eingeladen oder besucht werden, denn so eine Freundschaft beruht auf Gegenseitigkeit.«

Ethan verlor die Beherrschung und schlug mit der Faust auf den Tisch. »Jetzt reicht's mir«, dröhnte er, verschränkte die Arme und stützte die Ellenbogen auf den Tisch, um Julien näher zu rücken. »Ich lass mir von dir nicht vorschreiben, wie ich mich verhalten soll! Verschwinde!«

Julien blieb ruhig und natürlich auch sitzen. Dass Ethan so sauer war und zappelte, weil er sich nicht zu wehren verstand, war ein netter Moment, den er auskostete. Es war ein ganz besonderer Kinnhaken, den er dem Cop gerade verpasste, und er war noch nicht fertig.

»Ich verschwinde, wenn ich alles gesagt habe.«

»Ich habe aber genug gehört und verschwende meine Zeit nicht länger.«

»Verschwenden Sie sie auch nicht für Tara.« Julien spiegelte Ethans Körperhaltung und brachte seine Nase vor die des Cops. »Hören Sie auf, sie wegen Nichtigkeiten in eine Zelle zu stecken und dann zu bedrängen. Lassen Sie Ihre Beobachtungen und warten Sie nicht immer auf einen Grund für einen Besuch.«

»Du kannst mich mal!«, lautete Ethans Kommentar dazu.

Julien lächelte und fuhr unbeirrt fort: »Für all das gibt es nämlich Fachbegriffe. Freiheitsberaubung und Stalking nennt sich, was Sie mit Tara tun. Lassen Sie es oder ich erwirke eine einstweilige Verfügung, die es Ihnen verbietet, sich ihr zu nähern. Ihren Job dürfte Sie das auch kosten.«

»Raus hier!«, knurrte Ethan.

Julien stand auf. »Jetzt sehr gern«, entgegnete er und ging zur Tür.

Kaum hatte er das Brett hinter sich geschlossen, da ertönte aus Ethans Büro ein Krachen, als hätte der Cop etwas Schweres, einen Stuhl vielleicht, gegen eine Wand gedonnert. Die Polizisten an den Schreibtischen rechts und links des Gangs warfen Julien verwunderte Blicke zu, doch der glättete seine Miene. Am liebsten hätte er ja gegrinst. Das tat er erst, als er auf der Straße war.

***

Ein paar neue Erkenntnisse hatte das Meeting am Morgen, zu dem Julien mit einer Stunde Verspätung erschienen war, doch gebracht: der Tierkadaver war bereits untersucht worden. Dabei hatte man festgestellt, dass es sich um eine jüngere, weibliche Katze handelte, der tatsächlich das Genick gebrochen worden war. Unter ihren Krallen hatte man Fasern eines dunklen Baumwollstoffs, wie er bei Sweatshirts verwendet wurde, gefunden. Auf Basis dieser Tatsachen hielt Detective Delainy es für möglich, dass Taras Stalker das Tier umgebracht und auf ihre Terrasse gelegt hatte. Obwohl Julien Bens persönliche Drohung abermals in die Diskussion einbrachte, wollte der Detective keinen Zusammenhang herstellen. Immerhin hielt er es aber für sinnvoll, dass man auch in New Orleans aufmerksam blieb und nicht nur in Südamerika suchte.

Nach dem Meeting besuchte Julien die Hendrics und wurde zum Lunch eingeladen. Am Nachmittag fuhr er zu einem Gespräch mit einem neuen Mandanten im achtzig Meilen entfernten Baton Rouge und im Anschluss zu zwei Zeugen in Riverland. Auf halber Strecke der von Regen begleiteten Rückfahrt rief Tara an und sagte ihm, dass Alexander und Savannah LaLaurie am Abend ein Live-Fernsehinterview geben würden. Sie wollte es nicht gern allein anschauen, also trat er wieder einmal das Gas durch.

Er bewunderte Tara für ihre Gefasstheit, für ihre Zurückhaltung auch. Der Medienrummel hatte sie den Job gekostet, aber sie war trotzdem an die UNO gegangen und hatte dank ihrer Entschlossenheit wieder unterrichten dürfen. Die

Presse hatte sie zerfleischt und statt sich zu verteidigen hatte sie sich bei den Hendrics für ihn eingesetzt. Schlimmste Worte hatte sie von ihrem Vater hören müssen und immer wieder Zurückweisung erfahren. Seelisch und körperlich war sie von den LaLauries misshandelt worden, und dennoch so lange um Ruhe bemüht gewesen. Nun hatte sie sich distanziert, endlich, aber ohne auch nur einen bösen Wunsch über die Lippen zu bringen. Sie zog einfach einen Strich. Der Gedanke, dass Tara als Kind und junge Frau nie Liebe erfahren hatte, tat ihm weh, und er fragte sich, wie sie überhaupt fähig war zu lieben.

»Ich hab Hähnchenbrust gebraten«, begrüßte sie ihn aus einer Dampfwolke, in der die Küche seines Lofts verschwand. »Kreolisch mit Gemüse. Aber ich hab zu viel Senf verwendet und es schmeckt wie ...« Sie suchte nach einem passenden Wort. »Terpentin.«

Julien lachte. »Du weißt, wie Terpentin schmeckt?«

»Nein!« Sie klang frustriert. »Aber wie es riecht. Das hier schmeckt wie Terpentin riecht.«

Er schulterte seine Tasche ab und gesellte sich zu ihr in die Wolke, um in die Pfannen zu schauen. »Das Fleisch oder das Gemüse?« Er schnupperte an beidem. »Riecht doch ganz gut.«

»Es ist das Fleisch.«

Julien nahm Messer und Gabel, die auf einem Schneidebrett lagen, schnitt ein Stück ab und kostete beherzt. In der Tat spürte er eine ziemlich bissige Schärfe auf der Zunge, doch er zuckte mit den Schultern. »Ist okay, würd ich sagen, kann man essen. Kreolisch ist doch gut gewürzt oder nicht?«

Tara sah ihn skeptisch an, dann grinste sie und knuffte ihn in die Seite. »Du musst das nicht machen, und ich sollte einfach nichts Umständliches kochen.«

Dass sie sich schämte, fand er süß. Aber natürlich verkniff er sich, das zu sagen und öffnete ein Fenster, um die Abzugshaube zu entlasten. Dann stellte er Geschirr raus und auch eine große Flasche Wasser. Die würden sie zum Essen brauchen.

Er sah auf die Uhr. »Wann beginnt das Interview?«

Tara gab das Gemüse in eine Tonschüssel. »In einer Stunde, zur Prime Time.«

»Okay, dann lass uns essen. Nachher schmeckt es vielleicht wirklich nicht mehr.«

Etwas widerwillig lud Tara die Hähnchenbrust auf die beiden Teller. Einen weiteren Kommentar ersparte sie sich aber und winkte Juliens Komplimente an den Geschmack beim Essen unter Androhung von schlechter Laune ab.

Pünktlich um acht Uhr dreißig saßen sie vor dem Fernseher und waren gespannt, was Alexander und Savannah LaLaurie dem Land mitzuteilen hatten. Kurze Zeit später waren sie schon enttäuscht, denn die Sendung war eine glatte Lachnummer. Die LaLauries taten nicht mehr als das Bild eines sensiblen, gutherzigen Jungen zu zeichnen, der ihr Sohn nie gewesen war. Ihre Lügen unterlegten sie mit Fotos und Videoausschnitten, auf denen sich Tara hin und wieder selbst entdeckte.

»Es ist so peinlich«, sagte sie nach einer halben Stunde. »Ich will das nicht sehen.«

Julien nahm die Fernbedienung und schaltete den Bildschirm aus. »Was hattest du erwartet?«

Tara stand auf und schlenderte zu einem Fenster. Sie hockte sich in die Fensterbank. »Ich weiß nicht«, murmelte sie. »Nicht das auf jeden Fall.« Sie zog auch die Beine hoch, schlang die Arme darum und stützte das Kinn auf die Knie. »Ich wünschte, ich hieße nicht LaLaurie.«

Julien hatte eine Idee. Genau genommen waren es sogar zwei. Sein Blick wanderte von Tara zur Deko-Parkuhr, die in einer Ecke des Lofts stand und eigentlich eine Sparbüchse war. Er ging hinüber, zog die Einwurfbox vom Rohr und kippte es um. Hunderte von Quarters kullerten heraus und verteilten sich auf dem Parkettboden.

»Was machst du da?«, rief Tara und kam zu ihm.

Er kniete sich hin, wühlte durch die Geldstücke und nahm einzelne zwischen die Finger, um die Jahreszahl zu überprüfen. »Ich brauche einen Quarter von 1964 oder früher.« Alle zuletzt eingeworfenen waren neuer.

Tara hockte sich neben ihn und suchte auch. »Warum so einen und wozu überhaupt?«

»Weil er aus Silber ist.«

Den zweiten Teil der Frage ließ Julien unbeantwortet und schmunzelte. Er wusste, dass er auf den ersten Teil auch keine wirkliche Erklärung gegeben hatte, zumindest keine, die Tara im Moment verstand.

Sie fragte nicht weiter, konzentrierte sich auf die Suche und fand wenig später tatsächlich einen Silberquarter.

»Perfekt!« Er nahm ihr das Geldstück ab, stand auf und eilte in den Schlafbereich.

Tara folgte ihm. »Was hast du vor?«

»Siehst du gleich.«

Aus einem unteren der Schließfächer, die um das Bett herumstanden und als Schränke dienten, kramte Julien eine Hantel, deren Gewichte nicht rund, sondern sechseckig waren. Er zog Schuhe und Socken, das Hemd und die Stoffhose aus, wechselte in bequemere Klamotten und ging in den Eingangsbereich, wo er häufig benötigtes Werkzeug in einer Kommode aufbewahrte. Mit einem Hammer kehrte er zurück und vermied es, Tara anzuschauen. Ihre ratlose Miene konnte er sich gut vorstellen und wollte nicht zum Lachen gebracht werden.

Zwischen Küche und Wohnbereich, wo genügend Platz war, setzte er sich auf den Boden, platzierte die Hantel vor sich, setzte den Quarter senkrecht auf eine Gewichtfläche und begann mit dem Hammer auf den Rand zu schlagen, wobei er das Geldstück ständig drehte.

Tara hatte auf der Couchlehne Platz genommen und beobachtete ihn. »Also, das ist definitiv unterhaltsamer als das Fernsehprogramm«, rief sie über den Lärm hinweg, »aber ich frage mich doch gerade, ob bei dir alles in Ordnung ist.«

»Alles gut«, gab Julien zurück.

»Na dann …«

Er konzentrierte sich auf sein Tun und überprüfte den Quarter nach drei Minuten. Der Rand war jetzt schon deutlich breiter, vier Millimeter maß er in etwa, also machte er weiter.

Nach einer Stunde plumpste Tara rücklings auf die Couch. Sie griff sich die Kopfhörer, die auf dem Tisch lagen, setzte sie auf ihre Ohren und schaltete das Soundsystem ein. Wenig später war Julien erst einmal fertig. Er rief Patrick an, um ihn zu fragen, ob er Bohrer und Feilen hatte. Als Patrick das bejahte, kündigte er sich an.

Tara nahm die Kopfhörer ab und schaltete auf die Boxen um. »Hör mal, da ist wieder dieses Lied«, sagte sie.

Den Namen der Band und den Titel hatte Julien inzwischen herausgefunden. »Mumford & Sons«, antwortete er auf der Suche nach seinen Autoschlüsseln. »Tompkins Square Park.«

»Hab nie von denen gehört.«

»Sind Briten, die haben aber schon ein paar gute Songs veröffentlicht.«

»Tatsächlich?« Tara kam zu ihm. »Wonach suchst du nun wieder? Was ist denn nur los? Was hast du mit der Münze gemacht?«

»Ich muss kurz zu Patrick«, sagte er, ohne wiederum irgendetwas zu erklären. Eine dritte Idee blitzte in seinem Kopf auf. Nach einem Blick auf die Uhr wandte er sich wieder an Tara. »Kannst du mich in einer Stunde treffen? Im Woldenberg Park?«

Sie zog die Brauen hoch und verschränkte die Arme vor der Brust. »Ich hoffe, du nimmst den Song nicht wörtlich, willst mich dort ein letztes Mal umarmen und dann Schluss machen?«

Er lachte und gab ihr einen kurzen Kuss. »Absolut nicht.«

Begleitet vom weinenden Gitarrenriff, dem taktgebenden Drums und der traurigen Stimme verließ Julien das Loft und ließ Tara ziemlich irritiert zurück. Er selbst war voller Freude, voller Vorfreude insbesondere. Sein Herz schlug schneller und das Adrenalin rauschte durch sein Blut.

***

Patrick hatte den Quarter gesehen und sofort gewusst, wozu Julien Bohrer und Feile benötigte, schließlich hatten sie zu Highschool-Zeiten so einige Silberquarters verwandelt, um sich die Langeweile zu vertreiben. Jetzt waren sie in den Keller gegangen, wo sich neben dem Partyraum eine kleine Werkstatt befand. Julien hatte den Quarter in den Schraubstock gespannt und das Innere herausgebohrt. Mit einer Feile hatte er die Kanten heruntergeschliffen, ohne den im Inneren des entstandenen Rings noch sichtbaren *Liberty*-

Schriftzug und die Jahreszahl der Münze zu beschädigen.

»Perfekt«, sagte er bei der Betrachtung seiner Handarbeit ein zweites Mal und wollte nach oben gehen. Die Stunde war nämlich gleich um und er mochte vor Tara im Woldenberg Park sein.

Patrick hielt ihn zurück. Zuerst schlug er ihm nur auf die Schulter, dann schien er überwältigt und zog ihn zu einer Umarmung heran, die Julien rührte.

»Alles Gute, Mann!« Patrick klopfte ihm noch auf den Rücken und gab ihn dann frei.

Julien verabschiedete sich, spurtete die Treppe hoch und rief Patricks Frau Abby im Vorbeieilen einen Gruß zu. Vom Haus seines Freundes war es nicht weit bis zum Park. Fünf Minuten später stellte er den Wagen in der Nähe der Stelle ab, an der er und Tara sich verliebt hatten. Er war so durcheinander und aufgeregt, dass er seine Klamotten ganz vergessen hatte. Die Späne hatten sein T-Shirt schmutzig gemacht, und seine Hände waren es auch. Die gelbe Sweatjacke und die Schlumperhose gehörten auch nicht zu den schönsten, aber darauf kam es wohl nicht an.

Julien zog die Kapuze über den Kopf, weil es kühl war und noch nieselte. Dann eilte er in Richtung Mississippi, dessen Fluten hinter dem Park silbern im Mondlicht schimmerten. Wie die letzten Male orientierte er sich an Bäumen und Laternen. Letztere warfen einen goldenen Schein auf die Pfade und Flächen. Mücken und winzige

Wassertropfen tanzten um sie herum. Die im Gras zirpenden Grillen schienen heute die einzigen Musiker zu sein. Kein Saxofon wurde gespielt, kein Kontrabass gezupft. Das Wetter hielt Spaziergänger fern, und so suchten sich die menschlichen Musiker ebenfalls einen trockenen Platz, um ein paar Dollar zu verdienen.

Als er die Stelle entdeckte, sah er auch Tara. Sie hockte unter einem Baum. Die Lederjacke, die sie so gern trug, besaß keine Kapuze, weshalb sie sie offenbar gegen eine Regenjacke ersetzt hatte, die sie in seinen Schränken gefunden hatte.

»Hey!«, rief sie ihm amüsiert entgegen und hielt die Handflächen nach oben. »Klasse Wetter für einen Abend im Park.

Inzwischen verdammt atemlos, kam Julien bei ihr an und wusste plötzlich nicht weiter. Er brachte nicht mal das »Hey« über die Lippen und überlegte, wo er beginnen sollte. Glücklicherweise erinnerte er sich an Taras Satz, der ihn auf all die Ideen gebracht hatte, hielt ihr die Hand hin und half ihr aufzustehen.

Tara erwartete, dass sie ein paar Schritte gingen und war abermals irritiert, weil Julien stehen blieb. Sie beobachtete, wie er in seine Hosentasche griff. Im Tascheninneren schloss Julien den Ring in seine Hand, suchte dabei Taras Blick und sah ihr fest in die Augen – in die wunderschönen braunen, die jetzt beinahe schwarz wirkten.

Einen inneren Ruck musste er sich noch geben, dann gelang das Sprechen.

»Es wäre mir eine Ehre, dir meinen Namen zu geben. Du könntest aufhören, LaLaurie zu heißen und Tara Cavanaugh sein ... wenn du magst.«

Mit jedem Wort wurden Taras Augen größer, und Julien war nicht sicher, ob sie ihn für irre erklärte oder positiv überrascht war. Er hatte aber noch einen Satz übrig. Weil er es albern fand, auf die Knie zu gehen, blieb er stehen, zog sich aber zumindest die Kapuze vom Kopf.

»Würdest du mich heiraten?«

Tara hob die Hand vor den Mund. Sie sagte gar nichts, schluckte nur schwer. Julien wollte gerade noch etwas anfügen, irgendetwas Belangloses, das die Stille füllen sollte, da antwortete sie:

»Ja!« Mit dem Wort kullerte eine Träne über ihre Wange. »Würde ich«, fügte sie an und fiel ihm um den Hals. »Am allerliebsten sogar.«

Julien war merkwürdig erleichtert, aber er fühlte sich auch so glücklich, dass er Tara besonders fest umarmte. Mit einem Arm nur, denn eine Hand steckte ja noch in der Hosentasche. Jetzt zog er sie raus und zeigte ihr den Ring.

»So, und nun weißt du auch, wofür ich den Silberquarter brauchte.« Bei der Erinnerung an ihre verwunderte Miene musste er lachen. »Was sollte ich tun? Ich wollte dir einen Antrag machen, hatte aber keinen Ring da. Und irgendwas Schnödes aus Alufolie, das nicht lange hält, wollte ich nicht basteln.«

»Das ist ja Wahnsinn!«, raunte sie. »Das ist der Silberquarter?! Ich hoffe, er passt.«

Julien hatten seinen kleinen Finger als Maß genommen, nur den oberen Teil. Er war zuversichtlich, denn er wusste recht genau, wie Taras Hände aussahen. Die linke hielt sie im jetzt hin, damit er den Ring über den Finger schieben konnte. Mühelos glitt er über den Knöchel, saß etwas locker, würde aber nicht abrutschen.

Tara betrachtete den Ring an ihrer Hand. Dann hob sie den Kopf, sah ihm lange Sekunden in die Augen und stellte sich schließlich auf die Zehenspitzen, um ihn zu küssen.

KAPITEL 8

Tara war noch immer so voller Euphorie, dass sie in ihrer ersten Mittwochsvorlesung lieber über Jane Austens *Stolz und Vorurteil* gesprochen hätte, statt über Edgar Allan Poes *Der schwarze Kater* – bei aller Liebe zu Poe. Doch das letzte zu behandelnde Werk der Dunklen Romantik stand nun einmal auf dem Plan.

Wahrhaft gruselig war die Geschichte um den alkoholsüchtigen Mann, der die Todesstrafe erwartete. Er hatte seine Frau erschlagen, nachdem sie den misshandelten, schwarzen Kater verteidigen wollte. Wie erwartet ernannten die Studenten den Kater, dem der grausame Kerl zuerst ein Auge ausstach und ihn dann erhängte, zum Helden, weil er während eines Feuers im Haus von den Toten zurückkehrte und für Gerechtigkeit sorgte.

Am Ende der Vorlesung wählte Tara eine bestimmte Passage der Geschichte aus, welche die Studenten deuten sollten. Dann verabschiedete sie sich und stimmte sich gedanklich auf die nächsten, auch nicht romantischeren Themen ein. Zuerst ging es um Whitmans *Demokratische Ausblicke*, nach dem Mittag um das *Unzuverlässige Erzählen* als Erzählform am Beispiel von *American Psycho* und zuletzt um Mark Twain als Autor mit Humor.

Nach der letzten Vorlesung fühlte sich Tara so träge, dass sie nicht gleich ins Auto steigen wollte. Über eine Woche war es her, dass sie zuletzt in der Bibliothek gewesen war und sie vermisste den Duft der Bücher.

Charlene saß hinter ihrem Desk und erklärte zwei Studentinnen einen Fehler bei der Ausleihe. Sie schickte Tara, als die vorbeiging, ein kurzes Lächeln und zwinkerte. Tara suchte nach einem Ausgleich zur Literatur des Tages und fand ihn in einer Sammlung von Jane Austens Jugendwerken. Eine Stunde las sie darin, dann erhielt sie eine Nachricht von Julien und brachte die Lektüre zurück in die erste Etage. Für acht Uhr hatte er einen Tisch im *K-Pauls* reserviert und die bis dahin verbleibenden fünfundvierzig Minuten würde sie brauchen, um sich durch den Verkehr der Rushhour zu wühlen.

Gerade stellte sie den Sammelband ins Regal, da ertönte hinter ihr Charlenes Stimme: »Du trägst das Amulett wieder.«

Das war scharf beobachtet. Am Morgen, auf der Fahrt zur Uni hatte Tara die Kette aus dem Handschuhfach genommen und wieder umgemacht – aus keinem bestimmten Grund, sondern weil sie das Schmuckstück eigentlich mochte. Das Silber und der blaue Stein passten einfach gut zu ihrem dunklen Kleidungsstil.

Sie wandte sich Charlene zu und legte eine Hand auf das Amulett, um das eingearbeitete Veve der Erzulie nachzuspüren. »Ich möchte es tragen, weil es mir gefällt«, murmelte sie, »nicht weil ich glaube, dass es mich beschützt.«

Charlene kam näher. »Das ist eine gute Einstellung. Davon abgesehen solltest du dir keine Sorgen wegen des Veves machen. Die Kraft der Erzulie schützt dich, aber sie beeinflusst dich nicht in der von dir befürchteten Weise.«

Tara schüttelte den Kopf. »Ich bin drüber weg.«

»Gut.« Charlenes Blick wanderte zum Amulett, dann wieder zu Taras Augen. »Ich hoffe, du befürchtest außerdem nicht, dass es Blitze generiert, eine Stichflamme herausschießt oder irgendein anderes Zauberwerk geschieht. Echte Magie ist unsichtbar oder wird zumindest nicht als Magie wahrgenommen.«

Die Vorstellung von kinoreifen Special Effects aus dem Amulett entlockte Tara ein Grinsen. Derartiges hatte sie nie erwartet. Davon abgesehen lag in Charlenes Worten endlich einmal eine Aussage. Beim letzten Bibliotheksbesuch hatten sie beinahe gestritten, weil Charlene nie konkret wurde, insbesondere nicht zu dem anderen Schutz, den sie neben dem Amulett sah. Tara hatte viel darüber nachgedacht und eine Ahnung, gegen die sich ihre Vernunft jedoch wehrte.

»Dieser andere Schutz. Du hast angedeutet, dass es kein Ding ist. Läuft der möglicherweise auf vier Beinen herum?«

Viele Male hatte sich Shadow für menschliches Empfinden merkwürdig verhalten. Nicht nur hatte er Ben bei dessen Angriff das Gesicht zerkratzt, sondern sich bei Alexanders Besuchen auch immer merkwürdig offensiv in Szene gesetzt – obwohl er von beiden Männern, insbesondere von Ben einige Brutalität erfahren hatte. Julien hingegen verehrte er wie einen Gott.

Charlene zögerte. »Ist möglich«, antwortete sie nach ein paar Sekunden.

Tara vertrieb den über ihre Haut ziehenden Schauder, indem sie die Arme verschränkte und darüberrieb. »Er ist aber fort.«

»Ist er nicht.« Charlene bemerkte den Ring an Taras Hand und lachte. »Hey, was seh ich da! Du hast dich verlobt.«

Tara hob die Hand, um das Schmuckstück anzuschauen. Ihr war klar, dass Charlene das Thema wechselte, doch die Erinnerung an Juliens Antrag war zu süß. »Gestern Abend«, erzählte sie. »Julien hat ihn aus einem Silberdollar geschmiedet.«

»Oh ja, das sehe ich. Wie kreativ!«

»Wir sind gleich verabredet, also sollte ich los.«

»Unbedingt!« Charlene drehte sich um und schlenderte in ihrer beschwingten Gangart zur Treppe.

»Ich bin diese Woche sicher irgendwann auch mal länger da, dann können wir wieder Musik hören«, rief Tara ihr nach.

Charlene lachte nur und ging weiter, ohne sich umzudrehen. »Keine Sorge, Schätzchen«, trällerte sie, »und nun *husch husch* zu deinem Julien!«

***

Das K-Pauls war ein Restaurant, das Louisiana Kitchen servierte. Es lag im French Quarter direkt gegenüber dem Supreme Court des Staates und nur drei Blocks vom Woldenberg Park entfernt. Tara fuhr auf geradem Weg über die Elysian Fields Avenue nach Süden bis zur Chartres Street, in der sich das Restaurant befand. Sie wollte abbiegen, da fiel ihr Blick auf ein schwarzes Tier, das einen Block weiter an der Ecke zur Decatur Street saß. Ein merkwürdiges Gefühl beschlich sie, also tuckerte sie weiter und hielt den Blick auf dem Tier, das ihr entgegensah. Bei ihm angekommen, parkte Tara am Straßenrand und stieg aus. Der Kater blinzelte sie aus gelben Augen an. Tara ging in die Hocke, hielt ihm die Hand hin und rief ihn: »Shadow, du alter Gauner, komm her!«

Er streckte sich und umschmuste Taras Beine, tappte dann aber in die Decatur Street. Sie folgte ihm und rief ihn noch einmal, doch Shadow ignorierte sie und begann zu laufen. Tara schimpfte und eilte zum Auto, stieg ein und fuhr dem Kater hinterher.

Ohne sich um den Verkehr oder die Fußgänger zu scheren, wetzte er über die ersten beiden Querstraßen und bog in die Ursulines Avenue ein – eine stillere Gegend des French Quarters. Hier gab es keine Shops, Bars oder Clubs, sondern nur Wohnhäuser, die aneinander gebaut waren. In den ersten Blocks zumindest. Mit dem Fortlauf der Straße wurden die Abstände zwischen den Häusern größer. Tara passierte größere Villen und kleinere Holzhäuser, aber keine so eindrucksvollen Gebäude, wie man sie in anderen Teilen des French Quarters fand.

Bei einem Haus, dessen Front von einem verwilderten Vorgarten umgeben war, verschwand Shadow. Tara parkte den Wagen erneut, stieg aus und lief zu einem Metalltor, das die weitere Verfolgung des Katers unmöglich machte. Sie spähte zwischen den Gittern hindurch am Haus vorbei in einen Garten, der in keinem besseren Zustand war. Knorrige Obstbäume standen in hoch gewachsenem Gras, eine Holzbank verwahrloste auf einer Terrasse – die perfekte Umgebung für einen Streuner wie Shadow.

Tara rief den Kater noch ein paar Mal, ohne dass er antwortete oder kam, dann ging sie zur Tür. Es gab eine Klingel, doch auf deren Schild stand kein Name. Tara drückte auf den Knopf und lauschte, aber im Hausinneren war nichts zu hören. Die Klingel schien abgestellt zu sein, also versuchte sie es mit Klopfen. Niemand öffnete oder zeigte sich. Tara trat ein paar Schritte zurück und sah am Haus hinauf, wobei ihr Blick auf die Fenster fiel. Alle waren schmutzig, und in einem klebte ein Schild: *Zum Verkauf, vom Eigentümer*, las sie.

Ratlos schob sie die Hände in die Jackentaschen und schlenderte noch einmal zum Zaun. Shadow entdeckte sie nirgends, und abermals reagierte er nicht auf ihr Rufen. Weil es schon Viertel nach acht war, stieg sie ins Auto und fuhr zum K-Pauls, was nun nur noch ein paar Minuten dauerte.

Julien wartete an einem der wenigen Tische im von roten Backsteinmauern eingefassten Innenhof, wo es nicht so gediegen zuging wie im Restaurant und nicht so kühl war wie auf dem Balkon. Pflanzen, Laternen und Wandbrunnen schufen eine lauschige Garten-Atmosphäre. Kerzen und weiße Blumen standen auf den hübsch eingedeckten Steintischen.

Tara erzählte von Shadow, sobald sie saß. Julien zweifelte nicht, dass er es tatsächlich war, hielt es aber für wahrscheinlich, dass er den verwilderten Garten als Schleichweg benutzt hatte. Er glaubte nicht, dass er ihn zu seinem neuen Zuhause gemacht hatte.

»Ich verstehe nicht, warum er überhaupt vor mir davonläuft«, sagte Tara traurig. »Ich hab ihm doch nie etwas getan.«

»Weil er alt und verwirrt ist vielleicht, wie du es vermutet hast«, antwortete Julien. »Kann doch sein, dass er auf seine alten Tage noch mal richtig frei sein und einen drauf machen will.« Er grinste. »Und du würdest ihn davon abhalten.«

Tara dachte darüber nach, schüttelte aber den Kopf. »Das ist Quatsch!«

»Weißt du nicht! Du bist keine Katze. Davon abgesehen, sei doch erst einmal froh, dass es ihm gut geht.«

»Ein bisschen schlanker war er schon.«

Julien schmunzelte. »Natürlich, all die Bewegung, und die gefangene Maus ist jetzt kein Snack mehr, sondern die Hauptspeise. Vielleicht ist er das Freisein ja bald leid und kommt zurück.«

»Ich hoffe es sehr.«

Tara lehnte sich zurück, weil die Vorspeise gebracht wurde. Sie hatte sich für grüne Tomaten und Shrimps mit einer Karpern-Remouladensauce entschieden, Julien probierte die Lauch-Karotten-Cremesuppe. Der Weißwein war schon vorher gebracht worden. Sie wünschten sich guten Appetit, nahmen das Besteck und wollten loslegen, da begann Julien zu lachen. Mit dem Löffel zeigte er auf seine Suppe.

»Eine nackte Frau mit Penis«, sagte er und störte sich nicht an den anderen Gästen, die sich zu ihnen umdrehten. Die meisten nahmen sie erst jetzt wahr, erkannten sie und tuschelten.

Tara ging um den Tisch herum zu Julien, um einen Blick auf den Grund für sein Amüsement zu werfen und musste ebenfalls lachen. Die in die Suppe gestreuten Kräuter waren nämlich zur Form einer vollbusigen Frau zusammengeschwommen. Aus deren Schoß ragte ein Karottenschnitz, was tatsächlich anzüglich aussah.

»Klar, dass ausgerechnet du eine solche Suppe bekommst«, raunte sie, als sie wieder Platz nahm.

»Dem widerspreche ich entschieden«, erwiderte er leise, ohne von der Suppe aufzuschauen. »Anderen hätte das ebenso gut geschehen können, doch sie hätten es nicht bemerkt.« Er hob den Kopf und grinste Tara an. »Das ist ein entscheidender Unterschied.«

Tara begann zu essen. »Aha! Also stehst du zu deinen pornografischen Gedanken?«

»Absolut.« Juliens Grinsen wurde breiter und seine Augen funkelten. »Etwa fünfzig Mal am Tag werfe ich das Kino in meinem Kopf an. Manchmal dauert der Film zwar nur ein paar Sekunden …«

»Wie? So schnell ist es vorbei?«

»Nur, wenn ich abgelenkt werde oder mich auf meine aktuelle Tätigkeit konzentriere.«

Tara bedachte das, während sie eine grüne Tomate kostete. Dabei beobachtete sie, wie Julien den Möhrenschnitz aus der Suppe fischte und auf den Tellerrand schob. Sie verkniff sich ein Lachen und fragte: »Mit wem hast du Sex in deinen Gedanken?«

»Na, mit dir natürlich!«, antwortete er und begann die Suppe zu löffeln, wobei er sich bemühte, die schwimmende Kräutersilhouette nicht zu zerstörte. »Denkst du etwa nicht ständig an Sex mit mir?«

»Doch. Aber nur etwa achtmal am Tag.«

Julien rechnete nach und gab sich enttäuscht. »Das ist ja nur alle drei Stunden.«

»Zieh sechs Stunden Schlaf ab.«

Er schüttelte den Kopf. »Ist noch zu wenig.«

Tara fiel ein gutes Argument ein. »Dafür ist es aber jedes Mal sehr intensiv und nicht nach Sekunden schon vorbei.« Sie beugte sich über den Tisch, damit sie die Stimme mehr dämpfen konnte, er sie aber trotzdem verstand. »Ich vögele dich dann mindestens eine Minute lang.«

Julien kam ihr entgegen. »Ach ja? Wie denn?«

»Hmm.« Tara senkte den Blick auf ihren Teller, schob einen Shrimp durch die Sauce und tat so als dächte sie nach. »Acht Gedanken pro Tag lassen ja einige Abwechslung zu, also vögele ich dich immer anders. Mal reite ich dich, während zur Abwechslung mal deine Hände gefesselt sind. Ein anderes Mal setze ich mich auf deinen Mund und lasse dich richtig gut lecken.«

Sie sah auf und freute sich innerlich über das dunkler gewordene Grau von Juliens Augen.

»Das sind erst zwei. Was tun wir die anderen sechs Male?«

Tara hatte Lust, einen Schuh auszuziehen und den Fuß in Juliens Schoß zu legen, um zu spüren, ob sich zwischen seinen Beinen etwas regte. Der Tisch war allerdings ungeeignet, also vergaß sie das und erzählte leise weiter:

»Ich besuche dich über Mittag in deinem Büro und lasse mich von dir auf deinem Schreibtisch vögeln. Weil es nur ein Quickie ist und ich danach gleich wieder verschwinde, lassen wir die Kleider an.«

»Auch nicht schlecht.« Seine Stimme nahm einen rauchigen Klang an. »Was noch?«

»Ich erwarte dich zu Hause nach einem Arbeitstag und trage nicht mehr als deine Krawatte, wie Julia Roberts in *Pretty Woman*. Danach tun wir es auf einem Piano, dessen Tasten unter unseren Bewegungen klimpernde Töne produzieren.«

»Wir sollten ein Piano kaufen.«

»Und eine Sauna.« Tara aß ein paar Happen und stellte fest, dass Julien mit dem Löffel in der Hand über seiner Suppe erstarrt war.

»In einer Sauna vögeln wir auch?«, fragte er und schloss den Mund nicht ganz. Seine Lippen standen ein verführerisches Stückweit offen, wirkten voller dadurch. Tara hätte ihn am liebsten geküsst und beugte sich noch näher zu ihm.

»Wir bekommen kaum Luft. Unser Atem ist heiß und verbrennt die Haut, auf die er trifft. Unsere verschwitzten Körper rutschen gegeneinander, salzige Tropfen hängen in unseren Haarspitzen und Wimpern und spritzen bei jedem Stoß.«

»Was ist dein sechster Sexgedanke?« Ihm schien der Reim beider Worte zu gefallen, denn er lächelte schief.

»Ich erinnere mich, wie du mich durch den Bayou gejagt hast und stelle mir vor, wie du mich noch einmal einfängst, durch Fesseln wehrlos machst und benutzt, wie du willst.«

Jetzt schluckte Julien und schwieg. Sein Blick wanderte zu Taras Lippen. Sein Mund zuckte, als wolle er etwas sagen, doch er kam nicht dazu, denn Tara sprach weiter:

»Hin und wieder denke ich auch an Wachs auf meinen Nippeln und Eiswürfel, die du in meiner Pussy zum Schmelzen bringst.« Sie bemerkte, dass er wirklich unruhig wurde und hatte selbst Mühe, ruhig sitzen zu bleiben, machte es mit ihrem letzten Gedanken aber komplett.

»Und zum Schluss denke ich vielleicht an die Lustkugeln, die ich neulich bestellt habe. Sicher werden sie bald geliefert.«

Er räusperte sich und sah ihr wieder in die Augen. »Und was hast du vor, mit den Lustkugeln?«

Tara zog eine Schnute. »Vielleicht trage ich sie an der Uni, um doch häufiger an Sex zu denken. Vielleicht trage ich sie auch im Bett.«

»Dann hätte mein Schwanz aber keinen Platz mehr. Wäre schade.«

Tara schüttelte den Kopf. »Er könnte sich anderswo einen Platz suchen.«

Die Vorstellung von Analsex während Lustkugeln in ihr vibrierten gab Julien offenbar den Rest, denn er lehnte sich abrupt zurück und sagte in einem bemüht gleichmütigem Ton: »Klingt als würden wir eine wunderbar abwechslungsreiche Ehe führen.«

Tara setzte sich ebenfalls aufrecht hin und zwinkerte ihn an. »Deine Porno-Suppe wird kalt.«

Julien hatte kaum ein paar Löffel gegessen, da meldete sich sein Telefon mit einem Brummen.

»Susan Birdman«, murmelte er mit einem Blick auf das Display und stand auf, um auf der Straße zu telefonieren. Das Benutzen von Handys war im K-Paul nicht gestattet. Tara wunderte sich, was die Staatsanwältin abends von Julien wollte und leerte ihren Teller, bis er zurück war.

»Ben hat sich bei deinem Vater gemeldet«, sagte er wiederum leise, damit es kein Gast an einem anderen Tisch hörte.

Tara wollte ihren Ohren nicht trauen. »Echt?«, wisperte sie. »Er hat angerufen?«

Julien nickte. »Alexanders Telefone werden abgehört, und per Fangschaltung kann eine Zurückverfolgung stattfinden. Ben hat sich wohl aus Kolumbien gemeldet.«

»Du meine Güte! Was hat er gesagt?«

»Er hat Alexander um Geld gebeten, aber als der ihn runterputzte, hat er aufgelegt.«

Tara hätte schwören können, dass Alexander und Savannah Bens Flucht organisiert und ihm ausreichend Geld gegeben hatten. Sie fragte sich, von wem er Hilfe erhalten hatte, wenn nicht von seinem Vater. Julien fand das alles ebenso merkwürdig und grübelte noch beim Dessert darüber. Schließlich bat er die Bedienung um die Rechnung, beglich sie und begleitete Tara zu ihrem Auto, das in einer anderen Straße parkte als seins.

Auf der fünfzehnmütigen Fahrt in den Warehouse District war Tara kein wirklich aktiver

Verkehrsteilnehmer. Als sie in die Einfahrt zur Tiefgarage bog, bemerkte sie auf dem Gehweg vor dem Appartementhaus etwas Schwarzes, eine Katze, und schrak aus ihren Gedanken. Ein Keuchen stieg aus ihrer Kehle, denn dass das Tier schlief, war auszuschließen. Tara ließ den Motor laufen, stieg aus und rannte zu dem Tier. Zuerst schaute sie sich die Augen an. Grün waren die abermals, nicht gelb, also war es wiederum nicht Shadow. Den Akt selbst und seine Botschaft machte das aber nicht weniger grausam. Taras Hand zitterte, als sie über Kopf und in den Nacken des Tieres strich. Mit einem zweiten Keuchen zog sie die Hand zurück und stand auf.

Julien, der im eigenen Auto eingetroffen war, kam an ihre Seite. »Verdammt«, murmelte er.

»Das Genick ist gebrochen.« Sie wandte sich ab, weil sie den Anblick nicht ertrug.

Er zog sein Telefon aus der Tasche, sparte sich den Notruf, klingelte gleich Detective Delainy an und gab die Fakten durch.

»Wenn Ben in Kolumbien ist«, sagte Tara, nachdem er das Gespräch beendet hatte, »dann war das hier tatsächlich ein Stalker, und zwar einer, der mein Leben ziemlich gut kennt, schließlich weiß er sogar von Shadow.« Sie verschränkte die Arme vor der Brust, weil der Wind kühl über die Straße pfiff. »Das ist einer, der mir Angst machen will, und das gelingt ihm.«

Julien betrachtete sie nachdenklich. »Hast du eine Ahnung?«

Tara zuckte mit den Schultern. Sie hatte eine Ahnung, aber sie wagte nicht, sie auszusprechen und formulierte es lieber als Frage: »Meinst du, Ethan wäre zu so etwas imstande?«

Julien schnaubte und senkte den Blick auf seine Schuhe. Eine Antwort gab er ihr nicht.

KAPITEL 9

Am nächsten Abend fuhren Tara und Julien gemeinsam nach French Quarter in die Ursulines
Avenue zu dem Haus, in dessen Garten Shadow
verschwunden war. Julien sprach mit einem
Nachbarn, der aus dem anliegenden Haus kam.
Er kannte die Leute, die dort gewohnt hatten; ein
Paar in den mittleren Jahren, das für neue Jobs
über den Fluss nach Gretna gezogen waren. Er
erzählte, dass sie schon ein Jahr weg waren und
vermutete, dass sich das Haus nicht verkaufte,
weil es überteuert angeboten wurde.

»Nur die Lage im French Quarter rechtfertigt
keine Millionen«, schimpfte er im breiten New-
Orleans-Akzent. »Das hier ist nicht die Bourbon
Street, und die gottverdammte Hütte ist weder
viktorianisch noch Kolonialstil. Bloß eine Bret-
terbude, keine sonderlich große noch dazu.«

Geradezu in Rage redete er sich. Offenbar hatte er sich mit seinen Nachbarn nicht verstanden.

Julien unterbrach ihn: »Sehen Sie hier ab und zu einen schwarzen Kater?«

Der Mann lachte und wies mit einer Kopfbewegung Richtung Garten. »Hoch wie das Gras steht, könnte ein Löwe darin auf Antilopenjagd gehen, ohne dass ich davon was mitbekäme.«

»Also kein schwarzer Kater?«

»Nein, und würd mir einer begegnen, würd ich das Weite suchen.« Jetzt lachte er und schlurfte zu seinem Wagen, der am Straßenrand parkte. »Nicht dass es der von der Laveau ist.«

Er wünschte Tara und Julien einen schönen Abend, stieg ins Auto und fuhr davon.

Julien schnaubte und notierte die Telefonnummer, die auf dem Schild am Fenster stand, auf seinem Smartphone.

Tara grübelte über die Worte des Mannes und hatte eine Idee: »Dieser Stalker, er könnte mich wegen meines Namens für eine Hexe halten. Als das mit uns herauskam, gab es einige Leute, die glaubten, ich hätte dich mit einem Liebeszauber für mich gewonnen.«

Julien steckte sein Telefon weg und kam zu ihr. Skeptisch zog er eine Braue hoch. »Er müsste trotzdem von Shadow wissen.«

»Vielleicht hat es irgendeine Klatschpresse erwähnt. Am Ende habe ich kaum noch gelesen, was die zu schreiben hatten.«

Julien versuchte, Taras Gedanken zu folgen. »Die Frau mit dem schwarzen Kater, das war doch aber Marie Laveau, die Voodoo-Queen, und nicht Delphine LaLaurie, oder bring ich was durcheinander?«

Tara schüttelte den Kopf. »Nein, aber Laveaus Kater wird für böse gehalten. Es heißt, man soll ihm nicht in die Augen schauen, sonst geschieht einem Schlimmes. Und die LaLauries … nun ja, du weißt ja, dass sie alles andere als Heilige sind. Vielleicht macht sich dieser Typ eine eigene Gruselgeschichte daraus.«

Julien legte den Arm um sie und führte sie zu seinem Auto. »Du hast absolut nichts Böses in dir, mein kleiner Blackbird.« Er drückte ihr einen Kuss auf die Schläfe, hielt ihr dann die Tür der Beifahrerseite auf und ließ sie einsteigen.

»Ich möchte meinen Shadow wiederhaben«, sagte Tara, sobald er hinter dem Steuer saß.

»Das wirst du bestimmt«, antwortete er und ließ den Motor an. »Ich werde bei diesen Leuten anrufen und die Sache erklären. Vielleicht geben sie uns einen Schlüssel, dann können wir uns im Garten umschauen.«

Er fuhr an, trat aber gleich wieder auf die Bremse und sah Tara an. »Weißt du noch, dieses Hotel in der Dumaine Street, Ecke Royal?«

»Natürlich. Das leer stehende, auf dessen Terrasse wir letztes Jahr gesessen haben?«

»Genau, es ist nun ein Club. Hast du Lust vorbeizuschauen?«

Tara erinnerte sich, dass Julien den Schlüssel zum Hotel von einem Bekannten bekommen hatte. »Was für Musik spielen sie dort?«

Er kniff ein Auge zu, als befürchtete er eine Abfuhr. »Hip-Hop und Rap, nehm ich an.«

Tara sah an sich herunter. Wie so oft trug sie ihr Lederjackett, darunter eine schwarze Bluse, eine schmale Hose und Pumps. »Bin mir nicht sicher, ob ich passend angezogen bin«, murmelte sie und ließ ihren Blick über Juliens graues Business-Outfit wandern. »Du aber noch viel weniger. Dich lassen sie vielleicht nicht mal rein.«

Julien lachte und fuhr weiter. »Ganz sicher darf ich rein«, sagte er. »Lil Shawn wird sich freuen, mich zu sehen.«

***

Das ehemalige Hotel war nun ein Club mit dem Namen Royal Fever. In den meisten Musik-Locations im French Quarter wurde Jazz gespielt, oftmals von Livebands. Tara konnte sich vorstellen, dass einige Leute die mit dem neuen Club gebotene musikalische Alternative nicht so toll fanden, insbesondere auch, da der Eigentümer Oberhaupt einer Gang war. Julien erzählte, dass viele befürchteten, die Bandenkriege, in denen es nicht selten um Kokain ging, könnten sich aus den Problembezirken in das touristische Zentrum ausdehnen.

Tara war misstrauisch. »Und diesen Lil Shawn hast du einmal vertreten? Was wurde ihm vorgeworfen?«

»Mord«, entgegnete Julien trocken und nahm ihre Hand, als sie die Straße überquerten. »Er war's aber nicht, sonst wäre ich nicht sein Anwalt geworden.«

»Und die Sache mit dem Kokain?«

»Geht mich nichts an. Das ist sein Ding. Gewarnt habe ich ihn oft genug.« Er nickte in Richtung des Clubs, den sie erreichten. »Er wird nicht so verrückt sein, das Zeug hierher zu bringen. Ich bin gespannt, wie lange es dauert, bis Ethan eine Razzia durchführt.«

Weil die Location im French Quarter lag, fiel sie in die Zuständigkeit des achten Distrikts. Tara konnte sich vorstellen, was Ethan von der Neueröffnung hielt, schob den Gedanken aber beiseite. Sie wollte Ethan nicht in ihrem Kopf haben, denn damit drängte sich auch die Vermutung, dass er der Stalker war, in den Vordergrund.

Am Eingang warteten ein paar Leute darauf, eingelassen zu werden. Julien und Tara reihten sich ein. Als sie an vorderste Stelle rückten, nahm sie der bullige Türsteher von Kopf bis Fuß Maß. Wie erwartet schüttelte er bei Julien den Kopf.

»Ist Lil Shawn da?«, fragte Julien, bevor der Mann etwas sagen konnte.

Der Typ runzelte die Stirn und verschränkte die Arme vor der breiten Brust. »Wer will das wissen, Mann?«

»Sein Anwalt.«

Die Furchen in der Stirn des Türstehers wurden tiefer. Er wandte sich an jemanden, der hinter ihm stand und den Eintritt kassierte. Der musterte erst Julien, dann Tara und schüttelte den

Kopf, verschwand aber im Inneren des Hauses. Drei Minuten später, als die Menge schon unruhig wurde und zu nörgeln begann, erschien ein anderer neben dem Türsteher. Er trug weite, unter den Hüftknochen sitzende Jeans, ein schwarzes Hemd, das offenstand, und eine rote Bandana. Goldketten und Tattoos zierten seine dunkle Haut. Bei Juliens Anblick lachte er schrill und hob die Hand zur High Five. Julien gab sie ihm.

Tara hatte sich Lil Shawn beinahe genau so vorgestellt, mit Ausnahme seiner Größe. Er war alles andere als klein und schmal und ließ den selbstgewählten Namen offenbar eine Ironie sein.

Nachdem Lil Shawn sie mit einem Handkuss, der ihr peinlich war, begrüßt hatte, folgten Julien und sie ihm in die ehemalige Hotellobby, die nun erweitert und in eine rot-goldene Tanzarena verwandelt worden war. Bellender Rap dröhnte aus großen Boxen, die mit den Mischpults des DJs verbunden waren. Seine Turntables bediente er auf einer Art Empore, von wo aus er einen Überblick über die gut gefüllte Tanzfläche hatte.

Lil Shawn gab ihnen einen Wink, ihn die Treppe hinauf in die erste Etage zu begleiten. Dort befanden sich eine Bar und eine Lounge. Er bot ihnen Sitzplätze in protzigen Ledersesseln an, bestellte bei einer sexy Bedienung den Haus-Cocktail und begann ein Gespräch mit Julien. Tara verstand kein Wort. Die Musik war zwar leiser als im unteren Bereich, aber um sie zu übertönen

musste man immer noch schreien oder ange-
strengt zuhören. Während die Männer sprachen,
sah sie sich um und bemerkte eine Blondine an
der Bar, die sie mit ihren Blicken scheinbar erdol-
chen wollte. Als Tara nicht wegschaute, verzog
sie den Mund zu einem abfälligen Grinsen und
drehte sich zum Barkeeper hinter der Theke.

Die Cocktails wurden gebracht. Tara kostete
und fand, dass es eine etwas bittere Variante eines
Margaritas war. Lil Shawns Gesten entnahm sie,
dass er vom Umbau des Clubs erzählte. Zwar
versuchte er, sie ins Gespräch einzubeziehen,
aber Tara verstand noch immer nichts und war
außerdem genervt, weil die Blondine schon wieder starrte. Sie lehnte sich zu Julien hinüber, sagte
ihm, dass sie gleich wieder zurück war und ging
zur Bar. Der Hocker neben der Blondine war frei,
also nahm Tara darauf Platz und zauberte ein
freundliches Lächeln auf ihre Lippen.

»Kennen wir uns irgendwoher?«, fragte sie.

Die Blondine zog die Brauen zusammen und
betrachtete Tara wie einen unerwünschten Vereh-
rer. »Wer kennt Sie schon nicht«, erwiderte sie in
einem Tonfall der so ätzend war wie Salzsäure.

Tara ließ sich nicht abschrecken. »Das beantwortet meine Frage nicht. Sollte ich Sie denn
auch kennen?«

»Wir sind uns einmal begegnet, aber da galt Ihre Aufmerksamkeit wohl eher meinem Begleiter.«

Tara versuchte, sich die Verwunderung nicht
anmerken zu lassen und kramte in ihrer Erinne-

rung. Tatsächlich glaubte sie, die Frau schon einmal gesehen zu haben, ihr wollte bloß nicht einfallen, wo das gewesen war. Sie konnte sich insbesondere nicht entsinnen, dem Mann eines Paares mehr Beachtung geschenkt zu haben.

»Und wer war ihr Begleiter?«, fragte sie also.

Der Ausdruck in der Miene der Blondine änderte sich. Nicht länger betrachtete sie Tara, wie jemand lästiges, sondern wie jemand ohne Verstand. »Einer, der es nicht wert war«, erklärte sie dazu.

Tara verlor die Geduld. *Sag, was dein Problem ist oder lass das Glotzen!*, wollte sie der Frau am liebsten empfehlen, blieb aber freundlich, wünschte einen schönen Abend und wollte zurück zu Julien und Lil Shawn, da bekam sie eine weiteren Hinweis hingeworfen:

»Ein schwanzgesteuerter, egoistischer Mistkerl von Anwalt ohne Anstand.«

Wie ein Blitz fuhr die Erkenntnis in Taras Gedanken. Die Frau war Juliens Begleitung beim ersten Spiel im Bayou gewesen.

»Ach, Sie sind die, die ihre Hände nicht unter Kontrolle hat«, entfuhr es ihr prompt.

Die Blonde war verwirrt. »Wie meinen Sie das?«

»Sie haben ihn doch geohrfeigt, weil er vor Ihnen weggelaufen ist, statt Sie zu jagen.«

Tara hätte beinahe gelacht, weil der Frau alle Gesichtszüge entgleisten. Ihr Mund klappte herunter und die Hand drohte ihr glatt wieder auszu-

135

rutschen, da erschien Julien. Er trat an Taras Seite, legte ihr die Hand an den Rücken.

»Hallo Trish«, sagte er gut gelaunt. »Geht's dir gut?«

»Hervorragend!«, antwortete sie. »Und selbst?«

»Auch, danke!« Julien sah Tara an. »Wollen wir uns weiter umschauen?«

Sie nickte und nahm die Hand, die er ihr hinhielt. Er führte sie von der Bar weg. Trishs Stimme hallte ihnen nach. »Julien, komm doch mal wieder zum Vögeln vorbei. War toll beim letzten Mal«, rief sie ihnen hinterher.

Julien reagierte nicht. Er zuckte nicht mal ein wenig zusammen und wandte sich auch nicht um, also verhielt sich Tara gleichermaßen unbeeindruckt. Sobald sie auf der Treppe in die zweite Etage waren, konnte sie aber nicht mehr stillhalten.

»Wann hast du diese Trish zum letzten Mal gesehen?«

Julien lachte und blieb stehen. »Du hast ihr das eben nicht abgekauft, oder doch?«

»Nicht wirklich, aber trotzdem …«

»Glaubst du, ich hätte sie nach der Sache im Bayou noch einmal angefasst? Ich habe ein paar Tage danach mit ihr Schluss gemacht.«

Er führte sie in die zweite Etage, in der es ebenfalls eine Bar und Sitzgelegenheiten gab. Der Barkeeper unterhielt sich mit zwei Frauen, die an seiner Theke standen. Sie waren die einzigen Gäste hier oben. Julien hatte nicht vor, neue Drinks zu holen und setzen wollte er sich ebenso wenig. Mit Tara an der Hand steuerte er geradewegs zur letzten Tür, die auf das Dach des Hauses führte. Bei ihrem ersten Besuch war sie verschlossen gewesen, doch heute ließ sie sich ohne Schlüssel öffnen. Julien ging über die schmale Holztreppe voran, öffnete die Klappe und betrat das Dach. Tara folgte ihm und stellte oben fest, dass sich einiges verändert hatte. Im vergangenen Herbst hatten sie hier nur drei Frachtkisten gefunden, die sie als Tisch und Stühle verwendet hatten. Inzwischen war unter freiem Himmel eine Chill-Oase entstanden, deren Zentrum das Sonnenbett war. Es bestand aus einer mit Kissen drapierten Liegefläche mit Lehne, über die ein wasserundurchlässiges Dach gebaut worden war.

Julien setzte sich, rutschte nach oben, bis er sich anlehnen konnte und forderte Tara mit einer Geste auf, zu ihm zu kommen. Sie krabbelte zwischen seine Beine, lehnte sich mit dem Rücken gegen seinen Bauch und legte den Kopf an seine Schulter.

Auf einer der umgebenden Straßen hielt ein Auto, aus dessen Inneren laute Musik schallte, abermals fühlte sich Tara an die Songs der Kings of Leon erinnert. Die sanften Drums, der dumpfe Bass und die weinende E-Gitarre klangen so ähnlich, doch die Stimme des Sängers war eine ganz andere. Wärmer und weicher klang sie.

»Ist das wieder diese Band?«, fragte sie Julien. »Die mit dem letzten Treffen im Park?«

»Japp. Mumford & Sons. *Wilder Mind* heißt dieser Song.«

»Das klingt genauso schön. Ich sollte das Album kaufen.«

»Hab ich schon getan.« Julien stellte die Beine auf, schlang die Arme um Tara und legte seine Hände auf ihren Bauch. Sie schloss ihre Hände über seinen und sah zur nur wenige Meilen entfernten Crescent Bridge, deren Lichter über dem Mississippi funkelten. Links davon ragten die Hochhäuser des Business Districts in den dunklen Himmel.

»Ich lebe so gern in dieser Stadt«, raunte sie.

»Ich lebe so gern in dieser Stadt mit dir«, antwortete Julien. »Mach dir niemals Sorgen wegen Frauen wie Trish, versprich mir das.«

»Gib mir nie einen Anlass.«

»Werde ich nicht.«

Tara drehte ihm das Gesicht zu und küsste seinen Mundwinkel. Julien wandte sich ihr zu, damit sie seinen ganzen Mund erreichen konnte, ließ sie kosten und küsste sie zurück. Sanft und verträumt spielten seine Lippen mit ihren. Sein Duft, den sie jetzt intensiver wahrnahm, änderte das Gefühl in ihr. Sie spürte, wie ihre Lust erwachte und wollte sie zuerst verdrängen, doch seine Hände, die noch auf ihrem Bauch ruhten, bemerkten das winzige Zucken ihrer Hüfte und begannen zu wandern.

Julien schob ihre Jacke auseinander und streichelte ihre Brüste. Ohne den Kuss zu unterbrechen öffnete er ihre Bluse, Knopf für Knopf, und hakte den Frontverschluss des BHs auf. So warm seine Hände waren, so kühl war die Nachtluft, und das Zusammenspiel beider ließ Tara schaudern. Sie murrte an Juliens Lippen, als er eine Hand unter den Bund ihrer Hose und in ihren Slip schob. Seine Finger tauchten in ihre Spalte, liebkosten ihren empfindlichsten Punkt, doch die Enge der Hose hemmte ihn ein wenig. Tara öffnete die Hose also und zog sie aus. Damit er sie noch leichter berühren konnte, stellte sie ihre Beine ebenfalls auf und legte sie bald über seine.

Den Kopf an Juliens Schulter gelehnt, schloss Tara die Augen, um seine Berührungen zu genießen, da tat es einen Schlag. Sie erschrak und sah auf. Julien, der ebenfalls zusammengezuckt war, murmelte ein »Verdammt!« und brachte ihren Slip wieder in Ordnung. Als er ihre Bluse schloss, entdeckte Tara die drei Gestalten, die aus der zurückgeschlagenen Dachklappe kamen. Zwei Männer und eine Frau waren so aufeinander fixiert, dass sie Tara und Julien nicht bemerkten. Ineinander verschlungen, fummelnd und knutschend taumelten sie geradewegs auf das Sonnenbett zu. Tara tastete nach ihrer Hose, die sie neben der Liege vermutete, bekam sie aber nicht zu fassen. Sie setzte sich auf, um besser schauen zu können, da erreichten die drei das Sonnenbett und bemerkten, dass sie nicht allein waren. Es störte sie absolut nicht. Sie machten einfach weiter.

Tara war irritiert und tauschte einen Blick mit Julien. »Easy«, murmelte er, zog sie an sich und schloss die Arme um sie.

Zu bleiben fühlte sich von Sekunde zu Sekunde richtiger an. Schließlich waren sie und Julien zuerst hier gewesen, und wenn sie jetzt gingen, würden sie sich vertreiben lassen. Juliens Nähe wirkte außerdem ermutigend, also hob Tara den Blick und sah die Drei an. Die Frau stand ihnen zugewandt und schien ihre Blicke sogar zu genießen. Kurz musterte sie Julien, doch als ihre Begleiter sie auszogen, konzentrierte sie sich auf Tara.

Alles ging furchtbar schnell. Das Höschen der Frau war kaum gefallen, da stieß einer der Männer sie auf das Bett. Sie stütze die Arme auf und kniete sich hin, streckte ihren Po hin und wandte sich kurz um, um zu schauen, wer von beiden sie nehmen würde. Ein Stöhnen huschte zwischen ihren Lippen durch, als der größere der Männer seinen Schwanz in sie schob, sie bei den Hüften packte und hart in sie zu pumpen begann.

Tara hielt die Luft an. Sie spürte, wie auch Julien der Atem stockte, konnte den Blick aber nicht vom Dreiergespann abwenden, bei dem ein Wechsel stattfand. Als der andere übernahm, wanderte Juliens Hand abermals zwischen Taras Beine. Sie biss sich auf die Unterlippe, als er sie durch den Stoff ihres Slips zu massieren begann.

Der Frau entging das nicht. Ihr Blick glitt seltsam gierig zwischen Taras Lippen und der Stelle, über der Juliens Hand lag, hin und zurück. Mit jedem Stoß kam sie näher, drückte ihren Mund bald auf Taras Schienbein, leckte über ihre Haut, küsste ihr Knie und die Innenseite ihrer Oberschenkel. Sie hielt inne und hob den Kopf, weil ihre beiden Männer etwas anderes vorhatten. In Gesellschaft von Tara und Julien schaute sie zu, wie sich der eine unter sie schob und auf den Rücken legte. Der andere stellte sich hinter sie. Tara konnte sich vorstellen, was der Plan war.

Der Blick der Frau wurde starr, denn beide Schwänze drangen in sie ein, einer in ihren Vordereingang, der andere hinten. Sie keuchte, kniff die Augen zu und kostete das Gefühl aus, von Zweien genommen zu werden. Nach ein paar Sekunden öffnete sie die Augen und ließ ihren Blick abermals wandern. Ohne Zweifel wollte sie Tara kosten, kam nun aber nicht mehr ohne Weiteres zwischen ihre Beine. Julien, der das beobachtete, zog zuerst Taras Slip beiseite, dann strich er über ihre Arme, so lange, bis sie ihr Becken hob – eine Einladung, welche die Frau gern annahm. Sie teilte Taras Scham mit der Zunge, leckte mal langsam und mal schneller über ihren Kitzler.

Indes glitten Juliens Hände unter Taras Bluse. Seine Hände hatten eine elektrisierende Wirkung, insbesondere in Verbindung mit der Aktion der Frau. Deren Zunge wirkte geübt und als hätte sie eine Menge Erfahrung im Lecken. Selbst als sie ihren Orgasmus hatte, als sie vor Erleichterung murrte und zitterte, hörte sie nicht auf. Auch die beiden Männer kamen; ihr Stöhnen war leiser, ihre Bewegungen wurden sanfter und langsamer. Nacheinander zogen sie sich zurück und verschwanden.

Taras Höhepunkt rollte wie eine Welle heran, die mit jedem Atemstoß höher wurde. Als sie über sie hinwegrauschte, zuckte sie und bebte, keuchte und schlang die Hände um Juliens Unterarme. Sie legte den Kopf zur Seite, atmete seinen Geruch ein und nahm wie durch einen Filter wahr, dass die Frau aufstand. Als sich ihr Blick wieder schärfte, waren sie allein auf dem Dach.

Julien hatte ihren Slip gerichtet, schloss nun ihren BH und zwei Knöpfe ihrer Bluse. Tara streckte sich, schmiegte sich rücklings an ihn und konnte nicht anders, als zu lachen.

KAPITEL 10

Trotz des guten Abends hatte Tara schlecht geschlafen. Sie hatte geträumt, wieder in ihrem
Mädchenzimmer in der LaLaurie-Villa zu wohnen, weil Ben sie aus ihrem eigenen Haus vertrieben hatte. Im Traum hatte sie sich kaum aus dem
Zimmer gewagt und die ganze Zeit aus dem
Fenster in den Garten geschaut, wo Shadow auf
Bäume kletterte. Nicht nur das hatte er getan,
sondern war auch Zimmerwände hinaufgelaufen,
um auf Deckenlampen zu lauern. Unter den Die-
len, in den Zwischenräumen der Etagen hatte er
sich die restliche Zeit herumgetrieben, seine Krallen gewetzt und so laut geschnurrt, dass man ihn
immerzu hörte.

Tara brauchte zwei statt nur einen Kaffee, um
wach zu werden, und obwohl das Wochenende
bevorstand, fuhr sie schlecht gelaunt zur UNO.
So unmotiviert, dass sie sich im Stillen schämte,
hielt sie ihre erste Vorlesung zu Indianischer Poe-

sie – ein Thema, das sie eigentlich mochte. Dennoch reagierte sie manches Mal so ungeduldig, dass sich die Studenten wunderten und eher stiller als aktiver wurden. In der zweiten Vormittagsvorlesung begann sie mit Jazz und Literatur ein neues Topic, das sie als nicht weniger anstrengend empfand. Froh den Vormittag hinter sich gebracht zu haben, beschloss sie ein Nickerchen im Sessel hinter ihrem Schreibtisch zu machen und nicht zum Essen rauszufahren. Beim Anblick des vor ihrem Büro wartenden Besuchers vergaß sie diesen Plan jedoch. Ihr schneller schlagendes Herz vertrieb alle Müdigkeit.

Das Jackett zurückgeschoben, die Hände in die Taschen seiner Anzugshose geschoben, blickte ihr Alexander LaLaurie entgegen.

»Hallo Tara«, sagte er.

Tara fand, dass ihr Name aus seinem Mund merkwürdig klang, was auch daran liegen mochte, dass er ihn jahrelang nicht ausgesprochen hatte.

»Hey«, antwortete sie. Ein weiteres Wort, das *Dad* ganz und gar, brachte sie nicht heraus. Sie schloss ihr Büro auf und trat in die offene Tür, wobei sie ihm den Zugang bewusst versperrte. Am liebsten wollten sie das Brett zuschlagen und von innen verriegeln. Abwartend sah sie ihn an.

»Darf ich reinkommen? Ich muss mit dir reden.«

Das klang versöhnlich, aber Tara traute ihm nicht. Sie wollte mit diesem Mann nicht allein hinter einer geschlossenen Tür sein.

»Nicht, wenn es sich vermeiden lässt. Muss das unbedingt hier sein?«

Alexander runzelte die Stirn. »Du gehst nicht ans Telefon, wenn Savannah oder ich anrufen, und offenbar wohnst du nicht mehr in deinem Haus. Mir blieb nichts weiter übrig als herzukommen.«

Tara sah auf die Uhr. »Okay, eine halbe Stunde habe ich. Aber lass uns anderswo reden.«

»Was ist mit Lunch? Im *East of Italy* vielleicht?«

Tara kannte das italienische Restaurant, das ein paar Blocks von der Uni entfernt lag, nur namentlich. Sie war dennoch einverstanden – das wäre sie auch mit einem Burgerladen gewesen. Alexander lud sie ein, mit ihm zu fahren, doch sie bevorzugte ihr eigenes Auto und war ein paar Minuten nach ihm im Restaurant. Er hatte bereits einen Tisch organisiert.

Sobald Tara saß, kam ein Kellner, um die Spezialitäten des Tages vorzustellen. Relativ appetitlos entschied sie sich für Antipasti. Alexander bestellte auch nicht mehr als einen Salat und hielt sich mit nervenaufreibendem Small Talk auf. Ungewöhnlich kommunikativ schilderte er, wie sein und Savannahs Leben seit Bens Verschwinden aussah. Entweder wurden sie von der Presse verfolgt oder von der Polizei befragt. Dass der Stress unerträglich war, glaubte Tara sofort – die dunklen Schatten unter Alexanders Augen bestätigten das, und überhaupt wirkte er nicht mehr so stolz und überheblich wie noch vor ein paar Wochen, sondern schien eingeknickt. Taras Mitleid hielt sich in Grenzen, und sie wünschte sich, er würde auf den Punkt kommen. Das tat er, sobald ihnen das Essen vorgesetzt worden war.

»Ruf deinen Kater zurück«, knirschte er zwischen den Zähnen durch. »Savannah und ich machen seit Nächten kein Auge zu.«

Tara, die sich gerade einen aufgespießten Pilz in den Mund schieben wollte, ließ sie Gabel überrascht sinken. »Shadow ist bei euch?«

Alexander stocherte in seinem Salat, wobei seine eben noch gleichgültige Miene grimmige Züge annahm. »Nachts auf jeden Fall, zumindest hören wir ihn durchs Haus toben. Manchmal schreit er auch. Letzte Nacht bin ich munter geworden, da hatte ich seine grässlichen Augen direkt vor mir.«

»Er hat vor deinem Bett gesessen?«

»Scheinbar, ja. Als ich das Nachtlicht angeknipst habe, war er allerdings verschwunden.«

Tara konnte sich nicht vorstellen, dass Shadow wirklich dort war, hörte Alexander aber weiter zu. Seine Stimme besaß inzwischen eine Klangfarbe, die sich irgendwo zwischen mühsam kontrolliert und verzweifelt ansiedelte.

»Das Viech treibt uns noch in den Wahnsinn. Noch so eine Nacht und Savannah zieht in ein Hotel.«

Tara schüttelte den Kopf. »Vielleicht bildet ihr euch das ein«, sagte sie vorsichtig. »Habt ihr den Kater auch am Tag gehört oder gesehen?«

»Nur nachts.« Alexander schob den Salat weg und warf seine Serviette auf den Tisch. »Immer nur nachts. Tagsüber holt er sich deine Streicheinheiten.«

Der Vorwurf war nicht zu überhören. Tara beschloss trotzdem, ihm nicht zu erzählen, dass Shadow weggelaufen war. Außerdem rechtfertigte sie sich nicht. Still und nachdenklich aß sie ihre gefüllten Pilze, bis Alexanders Ächzen sie aufschauen ließ.

»Ist das ein verdammter Verlobungsring?«, krächzte er und begann zu husten. Offenbar hatte er sich an seinem Wasser verschluckt.

»Es ist einer.« Tara setzte sich gerade hin und begegnete seinem wütendem Blick mit einer guten Portion Selbstvertrauen. »Die Tochter, die du nie wolltest, bist du bald endgültig los.«

Er kniff den Mund zusammen, um eine wahrscheinlich wenig charmante Erwiderung zurückzuhalten. Dann winkte er den Kellner heran, damit er die Rechnung brachte.

Nachdem er bezahlt hatte, verließen sie das Restaurant wortlos Seite an Seite. Auf der Straße verabschiedeten sie sich knapp und jeder eilte zu seinem Auto. Auf der kurzen Fahrt zurück zur UNO beschloss Tara, Charlene einen Besuch abzustatten. Eine halbe Stunde bis zum Beginn der nächsten Vorlesung blieb ihr dafür noch.

Die Bibliothekarin war im Gespräch mit einem Studenten. Hinter ihrem Pult stehend, klimperte sie Daten in den Computer ein und gab ihm eine Auskunft, die ihm nicht zu gefallen schien. Schulterzuckend zog er ab und Tara trat an das Pult.

»Ich muss dich etwas fragen«, raunte sie und stützte die Ellenbogen auf das Pult. »Es geht um meinen Kater.«

Charlene nickte zum Zeichen, dass ihre Fragen okay waren. »Von dem du glaubst, er sei fort?«

»Genau. Meine Eltern denken, dass er nachts durch ihr Haus geistert, doch ich kann mir das nicht vorstellen.« Sie beugte sich näher zu Charlene und dämpfte ihre Stimme noch ein bisschen mehr. »Ich glaube nicht wirklich an Geister, aber Shadow hat sich schon öfter merkwürdig benommen.«

Charlene lehnte sich an die Innenseite ihres Pults und verschränkte die Arme vor der Brust. »Ich erzähl dir mal was über Katzen, Schätzchen«, begann sie. »Es sind besondere Tiere, spirituell hoch entwickelte Seelen. Wohnen sie bei einem Menschen, dann sind sie tief mit ihm verbunden. Obwohl sie multitaskingfähig sind und viele Energien aufnehmen können, wählen sie oftmals nur die Energie des Menschen, der ihnen am nächsten steht.«

Tara verstand nicht und fragte nach: »Was heißt das, sie wählen Energien?«

Charlene überlegte kurz, wie sie es anders ausdrücken konnte und fand einen Ansatz: »Shadow ist mit dir auf einer geistigen oder auch spirituellen Ebene verbunden. Du bist sein Hauptmensch, allerdings hat er auch lange bei deinen Eltern gelebt, also ist es möglich, dass er zu ihnen ebenfalls eine Verbindung aufgebaut hat, wahrscheinlich eine, die anderer Natur ist.«

»Und deshalb glauben sie, dass er sie nachts besucht?«

Charlene nickte. »Katzen können ihre Energien an jeden beliebigen Ort, an dem sich ihr Mensch aufhält, projizieren. Sie müssen dazu nicht in der Nähe sein.«

»Du meine Güte!« Tara rieb sich über die Arme, um den Schauder auf ihrer Haut zu vertreiben. »Das klingt unheimlich.«

»Sollte es nicht. Es ist das Wesen der Katze, aber damit nicht genug, bestimmt ist dein Shadow so ein richtiger Kuscheltiger.«

»Ja, aber er schmust nur mit mir und Julien.«

Charlene nickte erneut. »Durch das Schmusen will er deinen siebten Sinn aktivieren, damit du auf deine Intuition hörst. Er will dich auffordern, mit ihm zwischen den Welten zu reisen und mit allen Sinnen wachsam zu sein, denn er kann dich führen. Er ist ein Krafttier.«

Ein Teil von Taras Vernunft wollte Charlenes Worte als esoterischen Unsinn abtun, doch dem anderen Teil erschienen ihre Worte plausibel. Zumindest diejenigen, die sie verstand.

»Ein Krafttier?«

»Eine Katze ist kaum zu dressieren. Du kannst sie an ein paar Regeln gewöhnen, aber eher selten, denn sie hat den unerschütterlichen Willen, sich selbst zu dienen. Von ihrem Menschen erwartet sie dasselbe, damit er seine Freiheit niemals für eine vermeintliche Sicherheit aufgibt.« Die Bibliothekarin löste die Arme und legte die Hände auf ihr Desk. »Dank ihrer Kraft kann eine Katze Verwünschungen und andere negative Einflüsse an den Absender zurücksenden.«

Tara, deren Skepsis nun doch die Oberhand gewann, zog eine Braue hoch, aber Charlene fuhr unbeirrt fort:

»Das bedeutet, dass eine Katze schlechte Stimmungen nicht an dich heranlässt. Sie scheut keinen Widerstand. Überhaupt meidet sie negative Energien nicht, wie es zum Beispiel ein Hund tut, sondern konfrontiert sie.«

»Das heißt?«

»Die Katze geht mitten hinein, wenn man das so sagen kann. Damit macht sie dich darauf aufmerksam, warnt dich auch oder fordert dich auf, dem Unvermeidlichen die Stirn zu bieten. Gibt es irgendwo im Haus ein negatives Energiefeld, legt sie sich in dessen Zentrum. Bist du krank und im Bett, kriecht deine Katze zu dir unter die Decke.«

Je mehr Tara hörte, desto unordentlicher wurden ihre Gedanken und sie versuchte, zum Ausgangspunkt zurückzukommen. »Okay, das alles einmal dahingestellt«, murmelte sie, »aber was bedeuten die nächtlichen Besuche bei den LaLauries? Glaubst du, er ist dort oder …«, mit den Fingern zeichnete sie Gänsefüßen in die Luft. »beamt er sich in ihre Köpfe?«

»Letzteres«, antwortete Charlene. »Allerdings nicht, um ihnen behilflich zu sein, wie dir.«

»Sondern?«

»Nun ja, wie ich schon sagte, scheut sich eine Katze nicht, Negativem zu begegnen und Widerstand zu leisten.« Sie zwinkerte. »Wie ich deinen Shadow einschätze, ist er noch ein bisschen fähiger als andere Katzen. Schnurrt er sehr laut?«

Unweigerlich erinnerte sich Tara an ihren Traum, in dem das Schnurren des Katers ein beständiges Geräusch gewesen war. Charlene wartete ihre Antwort gar nicht ab.

»Man könnte sagen, dass er durch das Schnurren meditiert«, erklärte sie. »Er bringt sich damit allerdings in energetische Sphären, die für andere Lebewesen unerreichbar sind.«

Zwei Studentinnen mit Büchern unter den Armen traten hinter Tara. Sie sah auf die Uhr und stellte fest, dass ihre Nachmittagsvorlesung in wenigen Minuten begann. Hastig bedankte sie sich bei Charlene und verabschiedete sich.

»Hab ein gutes Wochenende, Schätzchen«, rief die ihr nach. »Und keine Sorge!«

Tara stürmte ins Freie und beeilte sich zu ihrer Fakultät zu kommen. Auf dem Weg zerrte sie den aktuellen Stoff in ihren Kopf, um sich umzustimmen und den Studenten nicht gleich etwas von der Mystik der Katze zu erzählen. So recht gelingen wollte es ihr nicht.

Sie fummelte ihr Handy aus der Tasche und sah, dass Julien geschrieben hatte. Ihre schlechte

Laune am Morgen war ihm natürlich nicht entgangen, und nun erkundigte er sich, wie es ihr ging.

›Bin durcheinander‹, antwortete Tara. ›Können wir übers Wochenende verschwinden?‹

***

Julien hatte vorgeschlagen, spontan nach Illinois zu fliegen und seine Mutter zu besuchen, die sie beide ohnehin eingeladen hatte. Tara war einverstanden gewesen, und so hatte er zwei Tickets für den letzten Flug am frühen Abend gebucht.

Tara verließ die Universität um kurz nach vier und beeilte sich, ins Appartement zu kommen, wo sie ein paar Sachen für das Wochenende zusammenpacken wollte. Julien hatte das schon eher getan und würde von seinem letzten Termin aus direkt zum Louis Armstrong Airport fahren, der zehn Meilen außerhalb von New Orleans lag.

Der Freitagsverkehr legte die Stadt wieder einmal lahm, und so bummelte sie eher durch die Straßen, schimpfte auf jede rote Ampel, die sie noch mehr aufhielt, und bog fluchend in den Warehouse District ein, wo endlich weniger Autos unterwegs waren. Erleichtert erreichte sie die Einfahrt zur Tiefgarage, da fiel ihr Blick auf die Gestalt, die am anderen Ende des Appartementkomplexes, neben dem Haupteingang an das Gemäuer lehnte. Der Mann trug ein dunkles Sweatshirt, hatte die Hände in die Taschen einer Jeans geschoben und sah in ihre Richtung. Wegen

152

der aufgezogenen Kapuze war sein Gesicht nicht zu erkennen, schon gar nicht aus der Entfernung.

Nachdem der erste Schreck verklungen war, lenkte Tara den Wagen aus der Einfahrt und auf den schmalen Gehweg. Entschlossen, aber doch ein bisschen ängstlich stieg sie aus und näherte sich der Gestalt, die ihr den Kopf noch immer zuwandte. Wie erwartet machte er sich wenig später in die entgegengesetzte Richtung auf, ohne Eile jedoch, und verschwand um die nächste Ecke. Tara rannte los und bog auch ab.

In der Querstraße waren mehr Menschen unterwegs, und sie musste von Neuem Ausschau halten. Viel weiter entfernt als erwartet entdeckte sie ihn und schlussfolgerte, dass er außerhalb ihrer Sicht ebenfalls gerannt war. Sie hastete weiter, behielt die Gestalt fest im Blick. Er wandte sich nicht um, rannte auch nicht, sondern bog um eine andere Ecke.

Einigermaßen atemlos erreichte Tara die nächste Kreuzung und erschrak fürchterlich, als sie mit einer Frau zusammenprallte. Die schrie vor Schreck und ging kurz in eine defensive Position, fasste sich aber gleich und zeterte, während sie ihre vom Zusammenstoß schmerzende Schulter rieb. Tara entschuldigte sich und drückte sich an ihr vorbei, um die Straße entlangschauen zu können. Die Gestalt in der Kapuze entdeckte sie auf keiner Straßenseite und hinter keinem anderen Passanten. Mit inzwischen wild in ihrer Brust hämmerndem Herzen lief sie weiter, kontrollierte jeden Hauseingang und blickte sich immer wieder um, doch der Typ blieb verschwunden.

***

Die Jagd um den Block hatte Tara Zeit gekostet. In absolut letzter Sekunde erreichte sie den Flughafen. Julien hatte schon mehrmals angerufen und sich innerlich offenbar darauf eingestellt, dass sie den Flug verpassen würden. Seine zuerst besorgte Miene erhellte sich, als er Tara auf sich zueilen sah, und er kam ihr entgegen, um ihr die Tasche abzunehmen.

Die Beamten hinter der Sicherheitskontrolle brummelten, als sie hörten, dass Chicago das Ziel war, denn ihre Kollegen wollten das Gate gerade schließen. Über Funk gaben sie durch, dass noch zwei Leute an Bord gehen würden, und so warteten die Stewards. Mit einem unfreundlichen »Jetzt aber flott!« scheuchten sie Tara und Julien auf die zum Flugzeug führende Passagierbrücke.

Glücklicherweise war das Personal im Flugzeug besser gelaunt und sah mit einem Grinsen über die kleine Verspätung hinweg. Unter den Blicken der anderen Passagiere huschten Tara und Julien zu ihren Plätzen, die natürlich im hinteren Teil der Kabine lagen. Sie verstauten das Handgepäck und schnauften erleichtert, als sie in die Sitze plumpsten.

»Was war denn nur los?«, fragte Julien, während er den Sicherheitsgurt vor dem Bauch einrasten ließ.

»Ich hab den Typen im Kapuzenshirt gesehen«, antwortete Tara. »Er stand vor deinem Haus und schien zu warten.«

Julien erstarrte in der Bewegung, zurrte den Gurt dann fest. »Hast du die Cops gerufen?«

»Nein, er wäre längst über alle Berge gewesen.«

»Was hast du dann getan?«

»Ich bin ihm nachgelaufen.« Weil sie wusste, dass er sauer werden würde, sagte sie das in einem gleichmütigen Tonfall. Juliens Grollen folgte dennoch prompt.

»Du hast was? Bist du von allen guten Geistern verlassen?«

»Beruhig dich! Es waren überall Leute. Außerdem ist er sowieso entwischt.«

Julien schien einen weiteren Tadel hinterherschicken zu wollen und kniff den Mund zu, um sich davon abzuhalten. »Ich habe heute bei den Eigentümern des Hauses in der Ursuline Avenue angerufen, aber niemanden erreicht und eine Nachricht hinterlassen.«

Sie war froh über den Themenwechsel. »Hoffentlich melden sie sich bald. Ich würde echt gern in diesem Garten nachschauen.«

»Werden sie sicher.« Julien sah aus dem Fenster auf das Flugfeld, von dem sie in Kürze starten würden. Nach ein paar Sekunden drehte er sich wieder zu Tara und beobachtete, wie sie den Sicherheitsgurt ihrem Hüftumfang anpasste.

»Versprich mir, nie wieder so verflixt leichtsinnig zu sein!«

Tara zögerte zuerst, versprach es dann aber. Julien gab sich zufrieden.

»Und jetzt lass uns all den Kram für ein paar Tage vergessen und ein gutes Wochenende haben«, sagte er in einem versöhnlichen Ton.

Sie nahm seine Hand, als sie durch die Beschleunigung der Maschine in den Sitz gedrückt wurden, und schloss die Augen, als sie abhoben.

KAPITEL 11

Die Kleinstadt Bloomingdale lag fünfundzwanzig Meilen westlich von Chicago. Von der Hektik der Metropole war hier nichts zu spüren. Ländlich gediegen gingen die Tage ins Land. Suzanne Cavanaugh hatte es exakt so haben wollen. Sie hatte das Quirlige gegen die Ruhe getauscht und den hitzigen Süden gegen den coolen Norden. Nicht nur eine andere Kulisse hatte sie gesucht, sondern auch Ablenkung. Die fand sie bis heute in ihrer Gärtnerei.

Schon in New Orleans, als ihr Mann Michael noch gelebt hatte, war sie halbtags in einem Floristikgeschäft beschäftigt gewesen. Für eine besser bezahlte Ganztagsstelle war wegen Julien keine Zeit gewesen, doch in Illinois hatte sie sich in die Arbeit gestürzt und zuerst in der Gärtnerei eines Nachbarorts gearbeitet. Mit einem Kredit und der finanziellen Unterstützung ihres Sohnes hatte sie sich schließlich selbstständig gemacht.

Tara fand, dass sich ihr Werk sehen lassen konnte. Die Gärtnerei schloss an das Wohnhaus an und war im Sommer ohne Zweifel ein kleines Paradies. In Illinois schaffte es das Thermometer im März lediglich auf zehn Grad, und so gab es im Freien gerade nur immergrüne Stauden und Frühblüher zu sehen – neben einem faszinierenden tropischen Garten, der in einer Glaskuppel angelegt war. Darin blühte eine Vielzahl von Exoten, die Tara kaum benennen konnte.

Einen Rundgang hatten sie noch vor dem Frühstück gemacht. Jetzt saßen sie zu dritt in einem kleineren Wintergarten am Haus und frühstückten. Dank guter Isolierung und Heizung war es warm, und die Sonne schien so kräftig, dass man das Gefühl für die kühle Außentemperatur glatt verlor. Suzanne mochte den März in Illinois, denn es war die Zeit des Erwachens aus dem Winter, die Zeit der ersten Blüten und Pflanzungen. Ganz bei ihrem Thema erzählte sie von einem Projekt, das sie für den Garten eines Milliardärs plante. Weil er Geld im Überfluss hatte, konnte sie sich austoben wie nie zuvor und war entsprechend enthusiastisch.

Julien nutzte eine Pause, in der sie frischen Kaffee holte, und erzählte, sobald sie wieder am Tisch saß, von der Verlobung. Zuerst sprachlos sah Suzanne von ihrem Sohn zu ihrer zukünftigen Schwiegertochter. Als sie die Hände vor den Mund hob, konnte Tara nicht sagen, ob sie erfreut oder erschrocken war und rechnete nach ihrer ersten positiven Begegnung noch mit einem Kontra gegen die Beziehung. Die Sorge verpuffte, als Suzanne ihre und Juliens Hand nahm.

»Ich freu mich«, sagte sie und schien ihre Gedanken für einen Moment vor lauter Verwirrung zu verlieren. Um sie zu sammeln, schüttelte sie den Kopf und stand abermals auf.

»Darauf sollten wir anstoßen«, beschloss sie. »Ich hole Sprudelwasser.« Sekt meinte sie natürlich.

Tara wartete, bis Suzanne im Haus war, dann atmete sie durch. Julien, der sie betrachtete, fand das amüsant.

»Welche Reaktion hast du erwartet?«, fragte er und lachte. »Dass sie hysterisch protestiert?«

Tara wollte nicht zugeben, dass die Vergangenheit sie hin und wieder verunsicherte, doch Julien ahnte es auch ohne ihre Worte.

»Vergiss es endlich, okay!«, bat er sie und strich ihr eine Strähne hinters Ohr. »Für die Kriminalität meines Vaters kann ich so wenig wie du für die Grausamkeit deines Vaters. Nur die Gegenwart können wir lenken.«

Sie rang sich ein Lächeln ab. »Das tun wir eigentlich ganz gut.«

Weil Suzanne zurückkam, beendete Julien das Thema, indem er den Finger vor den Mund legte.

»Was denn, habt ihr Heimlichkeiten?«, fragte Suzanne, der seine Aufforderung zu schweigen nicht entgangen war. Sie stellte drei Gläser auf den Tisch und wollte einschenken, doch hielt in der Bewegung inne und musterte Tara. »Ist etwa sogar schon Nachwuchs im Anmarsch?«

»Das hättest du gern!«, frotzelte Julien und stand auf, um das Einschenken zu übernehmen.

Währenddessen fand seine Mutter in ihr Element zurück und besann sich auf die schönsten öffentlichen Gärten von New Orleans, in denen auch Hochzeiten stattfinden konnten.

»Das Opera Guild Home im Garden District ist einfach zauberhaft oder auch das Café Amalie im French Quarter, aber das ist nicht besonders groß. Wie viele Leute plant ihr denn einzuladen?«

»Mom, eigentlich …« Julien, der inzwischen wieder Platz genommen hatte, versuchte Suzannes Redefluss zu stoppen, doch sie war nicht aufzuhalten. Sie bemerkte nicht einmal, dass er ihr das Glas zum Anstoßen hinhielt.

»Ab einer Zahl von fünfhundert käme wohl eher eine der Plantagen in Frage. Southern Oaks zum Beispiel oder Elms Mansion. Habt ihr schon einen Termin?«

»Mom!«

»Also, ich empfehle euch den Oktober. Da ist es nicht mehr so heiß und es sind weniger Touristen unterwegs. In der Hochsaison …«

»Mom!«

Endlich wandte sie sich ihm zu. »Ja?«

Er drückte ihr das Glas in die Hand. »Cheers!«

»Oh, ja. Natürlich. Cheers!« Sie ließ ihr Glas gegen die von Tara und Julien klingen und plauderte munter weiter.

Tara verbarg ihr Grinsen hinter der Hand und tauschte eine Blick mit Julien. Er beendete die Träumerei seiner Mutter mit einer knappen Zusammenfassung:

»Wir haben noch keinen Termin. Vielleicht heiraten wir nächste Woche, vielleicht erst nächstes Jahr, und über die Location haben wir uns bisher so wenig Gedanken gemacht, wie über die Gäste. Es werden nicht so viele sein. Fünfhundert auf keinen Fall.« Er blies die Backen auf. »Meine Güte, so viele kennen wir gar nicht.«

»Außerdem muss der Ort nicht spektakulär sein«, ergänzte Tara und nippte am Sekt. »Möglicherweise finden wir einen Platz am Mississippi.«

»Im Woldenberg Park vielleicht.« Julien grinste und schickte Tara ein Zwinkern.

Suzanne war irritiert und kramte in ihrer Erinnerung. »Finden dort Hochzeiten statt?«

»Wahrscheinlich noch nicht«, entgegnete Julien, »aber wenn wir freundlich fragen, bekommen wir vielleicht eine Lizenz.«

***

Über Mittag zog Suzanne sich für ein Nickerchen zurück. Tara schlüpfte in einen Poncho und begleitete Julien auf einen zweiten Spaziergang durch den Garten zu einer Bank, die in einem Pavillon stand. Dort erzählte sie ihm vom Gespräch mit Charlene, und er amüsierte sich sehr über die Fähigkeiten, die Shadow demzufolge besaß. Nichts anderes hatte Tara erwartet.

»Nichts für ungut, er ist ja ein toller Kater«, sagte Julien und verschränkte die Arme vor der Brust, weil er nur einen Pullover trug und ein bisschen fror. »Aber du glaubst nicht wirklich an diesen Zauberkram?«

Tara zuckte mit den Schultern. »Charlene scheint sehr überzeugt. Außerdem, wieso sehen Alexander und Savannah den Kater in der Nacht?«

»Charlene praktiziert Voodoo. Kein Wunder, dass sie an so etwas glaubt. Und was die LaLauries betrifft …« Abschätzend verzog er den Mund. »Vielleicht werden sie irre und schaukeln sich gegenseitig hoch. Du solltest die eine oder andere allzu absurd klingende Theorie schon in Frage stellen.«

»Das hab ich, aber vieles macht irgendwie …« Sie zögerte, bevor sie das Wort aussprach. »Sinn.«

Als Julien den Kopf zurücklegte und lauthals lachte, knuffte sie ihn in die Seite. Er hörte nicht auf, also stand sie auf und ging aus dem Pavillon.

»Hey, verlässt du mich jetzt?«, rief er ihr nach, doch sie reagierte nicht und schlenderte tiefer in den Garten.

Bei einem verstohlenen Blick zurück sah sie, dass Julien nicht mehr auf der Bank saß, und verbarg sich hinter einem Kugelbaum. Durch die Zweige hindurch beobachtete sie ihn. Er suchte sie und rief auch, doch sie antwortete nicht und schlich, getrieben von einer gewissen diebischen Freude, noch ein bisschen weiter. Der tropische

Garten, vor dem sie bald darauf stand, bot das perfekte Versteck, also öffnete sie die Glastür und huschte hinein.

Drinnen herrschten subtropische Temperaturen und eine Dschungelatmosphäre. Orchideen und Flamingoblumen in allen nur erdenklichen Farben wuchsen unter Palmen. Ranken und Farne kletterten an Metallsträngen die gläsernen Wände hinauf. Sie alle gediehen prächtig in der feuchten Wärme, aber Tara war es schnell zu viel. Sie zog den Poncho aus, hängte ihn an den Stamm eines ihr unbekannten Gewächses und ging zum Schwimmteich. Sein Becken bestand aus Naturstein, der am Rand aufwändig verziert war. Auf dem Rundgang hatte Suzanne erzählt, dass sie dem Wasser weder Chlor noch andere Chemikalien zusetzte. Die Reinigung erfolgte über eine spezielle Filtermethode, während die Grundwärme im Glashaus und ein zusätzlicher Solarenergiespeicher für eine angenehme Temperatur sorgten.

Tara kniete sich hin und hielt die Hand ins Wasser, das nicht kalt, sondern erfrischend war. Sie schätzte, dass ein paar Schwimmzüge genügten, um sich an die Temperatur zu gewöhnen.

Juliens Stimme erklang hinter ihr. »Traust du dich?«

Sie hatte ihn nicht kommen hören und sah über die Schulter zurück. Mit den Händen in den Jeanstaschen schlenderte er den Specksteinweg entlang.

»Das ist keine Frage des Mutes«, entgegnete sie, »sondern der Lust.«

Er schnaubte und blieb bei ihr stehen. »Eine Ausrede.«

Tara stand auf und wandte sich ihm zu. »Willst du jetzt unbedingt schwimmen?«

»Von mir war keine Rede. Ich war schon viele Male.«

»Ich auch. Im Lake Pontchartrain, im Mississippi, im Atlantik …«

»Nicht im Schwimmteich meiner Mutter.«

Tara hob das Kinn und tauchte mit ihrem Blick in das wärmer werdende Grau seiner Augen. Es machte sie irre, wenn er sie so ansah.

»Ich will nicht«, behauptete sie, obwohl das nicht mehr ganz der Wahrheit entsprach.

Mit einem Schritt überwand er den letzten Meter zwischen ihnen. Kurz und nur sachte strich sein Mund über ihre Schläfe, dann sah er sie wieder an.

»Und ich will, dass du dich auziehst.«

»Was, wenn ich es nicht tue?«

Julien schaute sich um. Als er etwas entdeckte, verzog er den Mund zu einem schiefen Lächeln und verschwand im Grün der Pflanzen, die entlang der gläsernen Wände des Gartens wuchsen. Tara hörte ein Zischen. Als ihr dämmerte, was es war, kehrte Julien schon zurück und zerrte einen Schlauch, aus dem Wasser sprudelte, mit sich mit.

»Das wagst du nicht«, murmelte Tara, bewegte sich aber kein Stück.

Er sah nicht aus, als würde er es nicht wagen. »Wenn du dich nicht ausziehst, kannst du schon einmal überlegen, ob du lieber triefnass oder am Ende doch nackt durch das Haus meiner Mutter rennen möchtest.«

Tara gab nach – ihm und natürlich auch sich selbst. Sie knöpfte ihre Bluse auf und funkelte ihn dabei gespielt verärgert an. »Hat dich schon einmal jemand einen Arsch genannt?«

»Viele sogar. Ich nehme es nicht persönlich.« Sein Blick flog von Taras Augen zur nun offenen Bluse. »Aus damit, na los!«

Sie zog die Bluse aus und warf sie über eine steinerne Dekosäule, die neben dem Schwimmteich stand. Ohne Eile zog sie dann das Unterhemd aus dem Hosenbund.

»Trägst du da etwa noch etwas drunter?«, fragte Julien.

»Einen BH natürlich«, antwortete sie. »Ohne Hemd geht bei den Temperaturen in Illinois gar nichts.«

»Ich weiß nicht, für mich fühlt es sich gerade nach dreißig Grad an, also weg mit dem Hemd!«

In aller Ruhe entledigte sich Tara des Hemdes. Danach stieg sie aus den Schuhen, zog Socken und Hose aus. Sobald sie in Slip und BH vor Julien stand, stützte sie die Hände in die Seiten.

»Besser so?«, fragte sie und schlenderte mit einem Lächeln auf den Lippen zu ihm. Sie stellte sich auf die Zehenspitzen, damit ihr Mund seinen erreichte.

Er brachte ihn aus ihrer Reichweite, indem er den Kopf ein wenig hob. »Ich kann mich nicht erinnern, dir die Unterwäsche erlaubt zu haben.«

Als er den Schlauch zwischen sie brachte und das Wasser über Taras Füße und Unterschenkel sprudelte, war sein Blick so durchdringend, dass er einen Fremden in die Flucht geschlagen hätte. Tara zuckte nicht einmal mit der Wimper, auch nicht wegen des eiskalten Wassers, sondern streifte erst einen, dann den anderen Träger des BHs von der Schulter. Das kalte Wasser hatte sie zwar nicht erschreckt, ihr aber doch eine Gänsehaut beschert, die vor ihren Brüsten nicht Halt machte. Bereits unter dem BH hatten sich ihre Nippel zusammengezogen, als wären sie direkt gekühlt worden, doch sobald Juliens Blick auf sie fiel, wurden sie noch ein bisschen kleiner. Tara wünschte sich, dass er den blöden Schlauch fallen ließ und ihre Brüste in seine Hände nahm.

Er schien das nicht in Erwägung zu ziehen.

»Fehlt noch ein Teil«, sagte er und befahl ihr mit einer Kopfbewegung, ein paar Schritte zurückzugehen.

Sie überwand den leisen Trotz, den seine raue Art in ihr weckte und tat ihm den Gefallen, rückwärts allerdings, denn sie wollte ihn weiter anschauen.

»Umdrehen!«, forderte er, sobald ihm die Distanz genügte. »Und dann zieh den Slip aus!«

Tara wandte sich um und schob die Fingerspitzen unter den Rand des Höschens. Natürlich ahnte sie, warum sie Julien den Rücken zuwenden sollte und wollte den Plan durchkreuzen, indem sie das letzte Kleidungsstück einfach ihre Beine hinabrutschen ließ, da machte er seine nächste Ansage:

»Untersteh dich, in die Knie zu gehen oder anderen Blödsinn zu machen. Beug dich vornüber, schön langsam, und dann Stück für Stück runter mit dem Fetzen.« Sein Lachen klang unerhört dreckig. »Ich will den Ausblick auf deinen Hintern genießen und natürlich auch auf die Stelle zwischen deinen Beinen.«

Tara fröstelte, weil der Gedanke sie anmachte. Prompt kribbelte es in ihrem Unterleib, genau über der Stelle, die er so gern von hinten betrachten wollte. Sie überwand sich, beugte sich wie gewünscht langsam vornüber und schob ihr Höschen die Beine hinab. Ihr Atem stockte und sie keuchte erschrocken, als kaltes Wasser über ihren Rücken schwappte und in prickelnden Bächen über ihren Po und ihre Beine rann.

»Bleib so!« hörte sie von Julien.

Er ließ den Schlauch fallen und trat hinter sie. Sanft streichelten seine Hände ihren Rücken und fuhren etwas fester über ihre Hüften, so als wollte er sie packen und in sie eindringen. Vielleicht war es nur seine geschlossene Hose, die ihn aufhielt, vielleicht auch eine andere Vorstellung vom Verlauf des Aktes.

Wiederum sachte begaben sich Juliens Hände auf den Rückweg, über Taras Rücken nach oben.

Er löste ihre Haare aus dem Band und schlang es um seine Hand, um sie in die aufrechte Position zu dirigieren – nicht derb, aber mit Bestimmtheit. Sobald Tara stand, ließ er ihre Haare los und drehte sie zu sich.

»Bereit schwimmen zu gehen?«, fragte er.

Tara bemerkte den listigen Ausdruck in seinen grauen Augen und wollte ihm antworten, da kickte er seine Schuhe von den Füßen, schlang die Arme um sie und ließ sich mit ihr fallen.

Das Wasser fing sie auf. Weich und warm umspülte es ihre Körper, zog sie auf den Grund des Teiches und sandte sie wieder zur Oberfläche. Inzwischen von Julien gelöst, tauchte Tara prustend auf, strich sich die Haare zurück und wandte sich zu ihm um, als er ebenfalls nach oben kam. Wasser triefte aus seinem dunklen Haar, Tropfen hingen in seine Wimpern. Sie streckte die Hand aus, um ihn zu sich zu holen und bekam sein Hemd zu fassen.

»Hattest du es so eilig, dass du dich nicht einmal ausziehen konntest?«, murmelte sie an seine Lippen, diesmal ohne die Absicht, ihn zu küssen.

Die Antwort blieb er ihr zuerst schuldig und trieb sie zum Rand des Schwimmteiches. Kaum stieß sie mit dem Rücken dagegen, da hob er sie hoch und setzte sie auf die Steine.

»Verdammt eilig«, raunte er und schob ihre Schenkel auseinander, um wiederum keine Zeit mit jetzt überflüssigen Küssen zu vergeuden und sich ihrer Mitte sofort zu widmen. Tara konnte es kaum abwarten, seinen Mund dort zu spüren, da ließ sie eine Stimme zusammenfahren.

»Ach, hier seid ihr«, flötete Suzanne.

Tara erstarrte und lauschte den näherkommenden Schritten mit zunehmendem Entsetzen. Julien, der ebenso erschrak, tauchte unter, sodass sie zumindest die Beine schließen konnte. Für alles andere war es zu spät. Als sie über die Schulter zum Pfad sah, duckte sich Suzanne gerade unter eine Palme durch. Bei Taras Anblick gefror ihr das Lächeln auf den Lippen. Ein »Oh«, trudelte über ihre Lippen, dann schaute sie zu Julien, der mitten im Teich auftauchte.

»Hey Mom!« Er hob eine Hand aus dem Wasser und winkte ihr versucht gelassen zu.

Tara nutzte den Moment, um ihr Hemd von der Dekosäule zu angeln und zumindest ihren Schoß zu bedecken. Sie spürte, wie das Blut in ihre Wangen stieg und musste sich doch auf die Lippen beißen, um nicht zu grinsen.

»Ähm, ja …«, stotterte Suzanne jetzt, kam noch einen Schritt näher und brachte sich dann zum Stehen. »Also, ich wollte bloß gießen.« Sie winkte ab. »Aber das kann ich später immer noch machen. Lasst euch nicht stören.«

»Wir waren ziemlich spontan«, entgegnete Tara, weil Julien offenbar nichts einfiel. »Naja, und Badesachen haben wir gar nicht dabei.«

»Tara wusste auch nichts von diesem wunderbaren Schwimmteich hier«, fügte er nun doch an und schwamm zum Rand.

Suzanne verkniff sich ein Lachen. »Alles klar«, sagte sie mit einem halben Grinsen und wandte sich um. »Ich hole Handtücher und lege sie vorn an den Eingang.«

»Danke, Mom! Lieb von dir«, rief Julien ihr nach.

Sie verschwand hinter Pflanzen, antwortete ihm aber noch: »Keine Ursache, zieh nur bitte die Klamotten aus. Das ist nicht gut fürs Wasser.«

Julien stemmte sich am Rand hoch und kletterte aus dem Becken. Sein Hemd und die Hose trieften und klebten an seinem Körper. Bei Tara angelangt, zog er zumindest das Hemd aus und setzte sich hinter sie, sodass seine Füße neben ihren im Wasser hingen. Sie spürte, dass er lachte und sich, wie es schien, nur mit Mühe davon abhielt, das laut zu tun.

»Du Schuft!«, tadelte sie ihn und rang ihre Haare aus. »Das war gerade einer der peinlichsten Momente meines Lebens.«

»Welches waren die anderen?«

»Das erzähle ich dir vielleicht, wenn wir zehn Jahre verheiratet sind.«

»Okay, besser als nie.« Er reichte ihr Slip und BH. »Weniger nackte Haut, bitte«, sagte er dazu, »sonst verliere ich die Kontrolle noch einmal.«

Im Sitzen schlüpfte Tara in das Höschen, zog auch den BH und das Hemd an. Dann lehnte sie sich gegen seine allmählich trocknende Brust. Er gab ihr einen Kuss auf die Schulter und schloss die Arme um sie.

»Hier drin könnte man einen Märchenfilm drehen«, murmelte sie und plantschte mit den Füßen ein wenig im Wasser. »Ich fühle mich wie auf einem fremden Kontinent oder in einer anderen Zeit.«

»Ich mag es hier auch sehr. Weiter hinten gibt es eine Hängematte, in der man nach dem Schwimmen herrlich dösen kann.«

Tara seufzte lautlos und drehte den Kopf bis ihre Nase seinen Hals berührte. Sie liebte seinen Geruch, empfand ihn immer als beruhigend, an diesem Ort umso mehr. Sie wollte gar nicht daran denken, was zuletzt in New Orleans passiert war, doch sie erinnerte sich unweigerlich und ahnte außerdem, dass ihr der Typ in der Kapuze wieder begegnen würde – weil er es wollte.

KAPITEL 12

Julien war so unruhig, dass er die Zähne gern in etwas geschlagen hätte. Am liebsten in Tara, der Ursache seiner Unruhe.

Nachdem Suzanne sie am Vortag im Tropengarten überrascht hatte, wollte er keinen neuen Versuch starten. Weder am Schwimmteich noch im Haus. Wenn es dumm lief, würde seine Mutter ihnen abermals dazwischenfunken und sie für völlig triebgesteuert halten. Nichtsdestotrotz dachte er ständig an Sex. Als er neben Tara aufgewacht war, hätte er sie zu gern auf den Bauch gedreht und von hinten gevögelt. Als sie aus der Dusche gekommen und minutenlang nackt vor ihm herumspaziert war, hatte er die Augen nicht von ihr abwenden können. Mit den Erdbeeren, die sie zum Frühstück gegessen hatte, wollte er viel lieber ein paar echt versaute Dinge anstellen.

Jetzt ging sie vor ihm die Gangway zum Flugzeug hinauf und er konnte nirgends anders hinschauen als auf ihren Hintern – ein jämmerlicher Beginn von zweieinhalb Flugstunden nach New Orleans. Und sie tat so, als würde sie nichts davon bemerken, geschweige denn ähnliche Gedanken hegen. Zu allem Überfluss zog sie nach dem Start auch noch ein Buch aus der Tasche und las, also begnügte er sich mit einer Folge *The Big Bang Theory* und hatte seine Lust gerade weggeschmunzelt, da sagte sie:

»Hatte ich erwähnt, dass die Lustkugeln geliefert wurden?«

Julien zog den Stecker aus dem Ohr und wandte sich Tara zu. Völlig arglos war ihr Blick, als hätte sie ihm gerade von einer Lieferung Wollsocken erzählt.

»Tatsächlich?«

»Ja, am Freitag, als ich zum Packen kurz im Appartement war.«

»Was für ein Glück! Sobald wir zu Hause sind, sollten wir schauen, ob sie funktionieren.« Julien faltete die Hände über dem Schoß, weil ihn allein der Gedanke schon wieder geil machte und sich die Auswirkung dessen zeigte. »Nicht, dass sie kaputt sind.«

»Nein, keine Sorge«, entgegnete Tara im gleichbleibend lockeren Ton. »Sie funktionieren hervorragend.«

Das Ziehen in seinen Lenden wurde heftiger. Um es auszuhalten, ballte er die Hände zu Fäusten. »Du hast sie bereits getestet?«

»Na klar. Ich teste sie im Moment.«

Ein paar Sekunden lang fehlten Julien die Worte, was selten passierte. Er schluckte hart, klärte seine Kehle mit einem Räuspern und senkte die Stimme.

»Gibst du mir zu verstehen, dass die Dinger gerade in dir stecken?«

Tara grinste schief. »Ich dachte, es würde dich interessieren.«

Und ob es das tat. Verdammt gern wollte er ihr an Ort und Stelle die Hose und den Slip von den Hüften zerren und überprüfen, ob die Kugeln richtig saßen. Er hatte Lust, die Wirkung zu verstärken und Tara auch äußerlich zu stimulieren, indem er sie leckte.

Sein Blick fiel auf die Leuchte über dem Gang, die eine gerade frei gewordene Toilette verkündete, doch er vertrieb die Idee schnell wieder. Ausgeschlossen, dass er Tara an einem Ort vögelte, an dem zig andere vorher gepinkelt hatten. Außerdem war es in dieser verdammten Klobox so eng, dass er sich allein schon hineinquetschen musste. Wenn er mit Tara Sex hatte, wollte er verdammt viel Platz haben.

Er beugte sich zu ihr, raunte an ihr Ohr: »Du bist sowas von fällig, sobald wir zu Hause sind.«

Sie behielt ihr Lächeln und wisperte zurück: »Ernsthaft? Was hast du denn vor?«

»Verrate ich nicht. Nur so viel: Seit einem Tag bin ich etwas underfucked und muss mich abreagieren. Ich denke, ich werde die Leistung dieser Kugeln multiplizieren.«

Damit schob er den Stecker wieder in sein Ohr und konzentrierte sich auf die Serie – zumindest ließ er Tara glauben, dass er interessiert fernsah. In Wirklichkeit schaute er den Porno in seinem Kopf, knirschte mit den Zähnen und zählte die Minuten bis zur Landung.

Als das Flugzeug endlich auf Asphalt aufsetzte, stand er vor allen anderen Passagieren im Gang, schnappte Taras Hand, zerrte das Gepäck aus den Overheadboxen und eilte mit ihr aus dem Flugzeug. Sie beschwerte sich nicht. Auch nicht, als sie im selben Tempo durch das Terminal und zu der Parkgarage liefen. Er entriegelte seinen Wagen sobald er ihn sah und warf die Taschen auf den Rücksitz, während Tara auf der Beifahrerseite Platz nahm.

Auf der Fahrt über die Interstate in Richtung Downtown New Orleans blieb er so still wie die letzten Stunden, zu sehr beschäftigte ihn sein Kopfkino. Im Augenwinkel sah er, dass Tara hin und wieder rüberschaute, doch er behielt den Blick auf der Straße, die Hände am Lenkrad, den Fuß auf dem Gas.

In New Orleans nahm Julien Schleichwege, um bloß nicht an roten Ampeln aufgehalten zu werden, bog schließlich in den Warehouse District ab und düste zu seiner Straße. Innerlich inzwischen brodelnd vor Lust tippte er den Zahlencode ein, und während das Rolltor in aller Gemächlichkeit nach oben ratterte, klopfte er vermeintlich gelassen mit den Daumen auf das

Lenkrad. Tara schien die Ruhe selbst zu sein. Als er nach dem Aussteigen die Fahrertür vor lauter Eile nicht richtig schloss und das dreimal wiederholte, warf sie sich ihre Tasche über die Schulter und schlenderte voran. Über seine so offensichtliche Anspannung grummelnd folgte er ihr, trat zu ihr in den kleinen Aufzug und schlug das Gatter zu, ohne hinzuschauen. Er sah nur Tara an, die noch immer diesen arglosen Blick hatte. Ein winziges Zucken ihres Mundwinkel verriet, was sie tatsächlich dachte.

Julien drückte auf den Knopf für die fünfte Etage, und während sich der Aufzug nach oben bewegte, schob er Tara mit seinem Körper gegen die Rückseite. Er ließ seine Tasche fallen und sie ihre. Als sie den Kopf hob, um ihn anzusehen, war alle Unschuld aus ihren Augen verschwunden, und ihrem Mund war das Lächeln vergangen. Ihre sinnlichen, vollen Lippen öffneten sich ein bisschen, wie um sich auf einen Kuss vorzubereiten, doch sie küsste ihn nicht, sondern tastete zur Schaltfläche des Aufzugs und drückte den Knopf, der die Fahrt unterbrach. Zwischen der vierten und der fünften Etage kam das alte Ding zum Stehen. Mit dem Ruck, den es dabei machte, und dem Knirschen der Stahlseile, flog eine Sicherung in Juliens Kopf durch. Er packte Taras Hände und drückte sie über ihrem Kopf gegen das Gatter. Dass sie leise stöhnte und den Rücken durchbog, um sich an ihn zu schmiegen, ihren Bauch an seinem Becken zu reiben, machte ihn

176

so sehr an, dass er seine Erektion gleich ein paar Zentimeter wachsen spürte.

»Was tun sie gerade in dir, die Kugeln?«, murmelte er, ohne den Blick von ihren Augen zu lösen. Er liebte es, zu beobachten, wie sich deren Braun verdunkelte.

»Es fühlt sich an, als würden sie zittern.«

»Und? Tut das gut?«, fragte er weiter, während er seine Hände an Taras Armen hinab und zu ihrem Brüsten wandern ließ. Mit wenigen Handgriffen öffnete er das Revers ihres Lederjacketts und die Knöpfe ihrer Bluse.

»Ja«, entgegnete sie ein wenig atemlos und stöhnte erneut, als er ihren BH nach oben zerrte und ihre Brüste freilegte. »Es tut sehr gut«, fügte sie noch an, da drehte er sie um und drängte sie bäuchlings gegen das Gitter.

»Ich bin sicher, da geht noch mehr.«

Er griff um sie herum, um ihre Hose zu öffnen. Abermals dauerte es nicht lange bis er das Kleidungsstück ausgezogen hatte. Sobald auch der Slip unten war, gab er Tara einen Klaps auf den Hintern, der sie murren ließ. Ihre Hände hatten sich um zwei Gitterstäbe geschlossen – eine gute Entscheidung, wie er gerade glaubte, schließlich hatte er angekündigt, die Wirkung der Kugeln zu multiplizieren.

Sofort am besten. Also öffnete er seine eigene Hose und holte seinen Schwanz aus den Shorts. Tara lauschte, legte die Wange an das Gatter und schloss die Augen. Julien beobachtete, wie sie die

Brauen zusammenzog, als er die Eichel durch ihre warme Spalte gleiten ließ. Nur ein bisschen drang er ein, spürte die Kugeln und konzentrierte sich dann auf ihren Hintern. Mit Spucke an den Fingern machte er ihn so feucht wie ihre Pussy, massierte sie dort, damit sie entspannter war und er leichter eindringen konnte.

Sie öffnete den Mund, als er seinen Schwanz in sie schob, blieb aber still, hielt die Luft an und wartete, dass er sich vorbewegte. Als er es tat, keuchte sie, dass sie wahnsinnig werden würde.

Das konnte er nachvollziehen. Die Enge ihres Pos raubte ihm den Verstand, und er musste an sich halten, damit er nicht zu schnell wurde. Alle Mühe kostete es ihn, langsam weiterzumachen. Er packte Tara bei den Hüften, drang tiefer in sie ein und legte seine Hände schließlich auf ihren Bauch, um die Kugeln zu spüren. Tatsächlich merkte er etwas, und es machte ihn an.

Als er eine Hand zwischen ihre Beine gleiten ließ und sie dort stimulierte, schrie sie endlich, lauter und hemmungsloser bei jedem Stoß – bis sie kam. Dass sie nach Luft schnappte, zitterte und bebte, gab ihm den Rest. Er vergaß wo er war und was er dachte und irgendwie auch, was er tat und hielt Tara fester, als sein eigener Orgasmus ihm alle Sinne nahm.

***

In der Manier eines faulen Sonntags und weil das Wetter eher ausladend war, verkrümelten sie sich mit Kaffee und Keksen auf ihre liebste Fensterbank und beobachteten das Geschehen in der Straße, musikalisch begleitet von Mumford & Sons, deren Songs das Soundsystem abspielte.

Julien war in Gedanken und mit einer wiederkehrenden Frage beschäftigt.

»Ich wette, du siehst deiner Mutter sehr ähnlich«, sagte er nach einer Weile. »Wahrscheinlich hast du auch ihr Wesen.«

Tara erwiderte seinen Blick. »Wie kommst du darauf?«

»Es wundert mich einfach. Du siehst Alexander überhaupt nicht ähnlich. Ben ist ihm dahingegen wie aus dem Gesicht geschnitten. Er hat die gleichen blonden Haare, die gleichen kalten Augen, einen zum Verwechseln ähnlichen, sehnigen Körperbau. Sogar den Charakter scheint er von seinem Vater geerbt zu haben. Und an dir ist das alles vorbeigegangen.«

»Ein Glück!« Sie verzog den Mund zu einem halben Lächeln. »Meine Mutter scheint starke Gene gehabt zu haben.«

Dass Savannah lediglich Taras Stiefmutter war, wusste Julien wegen einer beiläufigen Bemerkung. Von ihrer leiblichen Mutter hatte sie Tara erzählt. Dass sie nicht mehr lebte, hatte er nur vermutet, doch ihre Worte bestätigten das nun.

»Wer war sie denn?«, fragte er.

Sie trank den letzten Schluck des Kaffees und stellte die Tasse neben sich auf die Fensterbank, um sich bequemer hinzusetzen. Daraufhin schlang sie die Arme um die herangezogenen Beine und schaute aus dem Fenster durch den strömenden Regen.

»Alexander hat kaum von ihr gesprochen«, begann sie. »Das wenige mir Bekannte weiß ich von Savannah. Ihr zufolge war meine Mutter Waise, die als Kellnerin in einem Jazzclub arbeitete. Alexander muss in sie vernarrt gewesen sein und soll sie gegen den Willen seiner Eltern geheiratet haben, als sie mit mir schwanger war. Sie starb bei meiner Geburt.« Sie wandte Julien das Gesicht zu. »Ihren Tod macht er mir bis heute zum Vorwurf. Ich glaube, er hasst mich nur deshalb so sehr, hält mich für böse oder gar dämonisch.«

»Ich hoffe, du nimmst es dir nicht an«, sagte Julien. »Gibt es ein Bild von ihr?«

Tara schüttelte den Kopf. »Nicht eins. Bestimmt hat Savannah sie vor lauter Eifersucht alle verbrannt.«

»Sie war eifersüchtig auf eine Tote?«

»Wahrscheinlich ist sie das bis heute, weil sie überzeugt ist, Alexander liebt meine Mutter noch immer mehr als sie. Trotz all ihren Bemühungen, trotz des Sohnes, den sie ihm geschenkt hat.«

Julien ließ das so stehen, und Tara schwieg ebenfalls. Sie nahm seine Hand, strich mit dem Daumen über seine Finger und lenkte ihren Blick wieder hinunter in die Straße. Mumford & Sons waren inzwischen bei *Believe* angelangt, einem Song, den Julien mit am meisten vom Album mochte.

Er schmunzelte, als Tara eine Zeile aufgriff: »Sag irgendwas! Irgendwas wie ›ich liebe dich‹!«

Diese Zeile mochte er total – besaß sie im Song auch eine ganz andere Bedeutung. »Ich liebe dich!«, gab er leise zurück.

Tara lächelte und rutschte herum, um sich an ihn zu lehnen, verließ die Fensterbank aber bald, weil ihr Handy piepte. Als sie die Nachricht las und fluchte, sah Julien den faulen Sonntag in den regennassen Straßen von New Orleans davonschwimmen.

»Was ist los?«, erkundigte er sich.

»Kat hat geschrieben.« Sie seufzte und las noch einmal. »Stinksauer ist sie, weil sie von unserer Verlobung aus einer Zeitung erfahren hat.«

Julien stand auf und brachte seine Tasse in die Küche. »Wir sind schon wieder in einer Zeitung? Wo haben sie uns diesmal erwischt? In Lil Shawns Club etwa? Vielleicht hat Trish den Ring bemerkt und die Story verkauft.«

»Wäre möglich.« Tara legte das Telefon weg. »Ich sollte ins Missi Spirits fahren und mit Kat reden. Komm doch mit, wenn du magst.«

Julien seufzte. Er hatte überhaupt keine Lust, aber er würde Tara nicht allein fortlassen. Schon gar nicht nach ihrer abermaligen Begegnung mit dem Typen im schwarzen Kapuzensweater.

»Lass uns am besten gleich los«, schlug er also vor und ging in den Schlafbereich zu den Schränken, um sich umzuziehen.

»Danke, du bist ein Schatz!«, rief sie ihm nach.

Über die Schulter schickte er ihr ein Lächeln und zog sich an. Tara brauchte länger, weil sie erst duschte. Julien nutzte die Zeit, um zu einem Kiosk gehen und die Zeitung zu kaufen, die über sie berichtet hatte. Mit einem Blick auf das Foto wusste er, dass der Redakteur vom Ring an Taras Finger auf die Verlobung geschlossen hatte. Das Bild war allerdings nicht im Royal Fever entstanden, sondern vor dem Restaurant, in dem Tara Alexander LaLaurie getroffen hatte. Trotz der unschwer erkennbaren Antipathie hatte der Autor des Artikels eine Geschichte über Versöhnung und Vergebung vor der bevorstehenden Hochzeit geschrieben.

Beim Lesen schüttelte Tara immerzu den Kopf und schnaubte. Eine Beleidigung an den Verfasser murmelnd, huschte sie vor den Spiegel, um ihre Wimpern mit Mascara zu schminken und das Amulett, das sie fürs Duschen abgenommen hatte, umzulegen. Julien half ihr und schloss die Kette in ihrem Nacken.

»Ärger dich nicht«, sagte er ihr.

»Nicht über den Artikel«, antwortete sie und rückte das Amulett in ihrem Dekolleté an die richtige Stelle. »Sondern über die Sensationsgier der Presse. Was hat das noch mit Journalismus zu tun? Gibt es nicht wichtigere Themen?«

»Immer weniger Leute interessieren sich für tatsächlich wichtige Themen.«

Tara wandte sich zu Julien um. »Arme Kat«, murmelte sie.

Er gab ihr einen Kuss auf die Stirn. »Sie ist dir bestimmt nicht lange sauer.«

Das war seine Hoffnung. Tatsächlich aber musste mit Kats Laune eine wirklich harte Nuss geknackt werden. Hätte Julien sie zuvor nicht anders erlebt, hätte er gesagt, dass sie das Klischee der grimmigen Rockerbraut perfekt erfüllte. Zuerst brachte sie kaum einen Gruß über die Lippen, dann stellte sie Taras Gin Tonic und sein Bier mit finsterer Miene auf den Tresen und kümmerte sich um andere Gäste – als sei sie zu cool, um sich mit uncoolen Leuten ohne Tattoos und Piercings abzugeben. Als sei sie wahnsinnig beschäftigt auch, dabei waren an diesem frühen Sonntagabend kaum Leute im Missi Spirits. Die paar an der Theke hätte die Aushilfe übernehmen können.

Für kurze Zeit hatte Julien das Gefühl, überflüssig zu sein und konnte sich vorstellen, wie Tara sich fühlte. Gerade wollte er Kat bitten, Tara zuzuhören, da verschaffte sie sich selbst Gehör – mit nicht gerade diplomatischen Worten, sondern der eher grantigen Feststellung, dass ihr eine zickige Freundin fehlte wie ein Loch im Kopf. Erstaunlicherweise zeigte es Wirkung. Kats Mundwinkel zuckten, dann schlug sie mit dem Geschirrtuch nach Tara und sagte: »Als Entschädigung machst du mich besser zur Trauzeugin.«

»Das hatte ich sowieso vor«, konterte Tara. »Allerdings nur, wenn du jetzt nicht mehr beleidigt bist, sondern mir zuhörst. Die Woche war echt chaotisch. Julien und ich sind deshalb am Freitag geradezu aus der Stadt geflohen. Ich hätte dir sehr bald davon erzählt.«

»Schon klar«, grummelte Kat.

»Natürlich! Hey, ich war nie eine Frau, die ihre Freundin über jeden Pups …«

»Eine Verlobung ist nicht gerade ein Pups!«

Das war ein Punkt für Kat. Julien stützte das Kinn in die Hand und verbarg sein Grinsen. Tara bemerkte es trotzdem und knuffte ihn.

»Du, fall mir nicht in den Rücken!«, sagte sie und richtete sich dann gleich wieder an Kat. »Und du weißt, wie ich es meine. Aber ich entschuldige mich trotzdem: Tut mir sehr leid, dass ich es dir nicht eher erzählt habe. Wie wäre es mit der Entstehungsgeschichte des Verlobungsrings?« Sie zwinkerte. »Ganz exklusiv.«

Kat war brennend interessiert, überließ die Arbeit nun doch der Aushilfe und hörte zu. Für Julien war es ziemlich amüsant, die Geschehnisse aus Taras Mund zu hören, insbesondere, weil sie ihn zitierte, seine Gesten und Mimik nachmachte und alles ein wenig überspitzte.

»Wie cool ist das denn!«, rief Kat am Schluss. »Das muss ich John erzählen, dann weiß er gleich, wie hoch die Latte liegt. Von wegen, den Ring beim Juwelier kaufen …«

Julien kannte John nur von Taras Erzählungen, konnte sich aber vorstellen, dass er, wenn er nur halb so verrückt war wie Kat, nicht auf Standards setzte.

»Vielleicht besucht er dazu eher ein Tattoostudio«, schlug er vor, weil ihm das gerade einfiel, aber Kat winkte ab.

»Mein John? Nie. Tattoos mag er nur an mir.«

»Wo ist er überhaupt?«, fragte Tara.

Kat macht eine Kopfbewegung in Richtung irgendwo hinter der Bar. »Im Büro mit Ethan.«

Den Namen nur zu hören machte Julien schon sauer. Tara war ebenso wenig begeistert.

»Wieso das denn?«

»An ein paar Abenden letzte Woche hatten wir Probleme mit Drogen. Ständig waren Ethans Leute hier.« Sie schnaubte und runzelte die Stirn. »Heute hat er selbst mal reingeschaut. Wahrscheinlich glaubt er, John hätte damit zu tun.«

Als sie etwas hörte, legte sie den Finger vor den Mund und zog das Geschirrtuch von der Schulter, um ganz beflissentlich Gläser zu polieren. Eine Tür im hinteren Bereich des Missi Spirits öffnete sich, herein kamen John und Ethan. Der Besitzer der Bar gesellte sich zu Kat hinter den Tresen, um eine Coke zu zapfen. Für Ethan, wie sich herausstellte, als er neben Tara und Julien an der Bar Platz nahm.

»Glückwunsch, Kumpel«, dröhnte der Cop und schlug Julien auf die Schulter. »Jetzt gehört Miss PhD wohl dir.«

»Ich gehöre niemandem«, schnappte sie sofort.

»So war das nicht gemeint«, entgegnete er ungewohnt versöhnlich. »War bloß eine Feststellung, dass du nicht mehr zu haben bist.«

Julien schaltete sich ein, weil er sich wie kurz vorm Platzen fühlte: »Das ist schon eine Weile so. Leider hat das nicht jeder verstanden.«

»Schon klar, Kumpel.« Ethan grinste.

Julien sprach ein anderes Thema an: »Gibt es Neuigkeiten zum Stalker?«

Das meinte er nicht als Frage, und Ethans Antwort interessierte ihn nicht. Er wollte lediglich eine Botschaft überbringen, die sogar Ethan verstand – insofern er derjenige war, der Tara noch immer nachstellte.

»Leider nicht«, antwortete der Cop. »Wir haben auch keinen Ansatz.«

Julien nickte und fuhr fort: »Ich hab von einem Fall in Seattle gehört, bei dem ein Stalker zu fünf Jahren Haft verurteilt wurde, weil er ein Nein einfach nicht als Nein verstehen wollte.« Er konnte sich nicht zurückhalten und schlug Ethan auf die Schulter. »Mann, das würde mir ein Vergnügen sein, so ein Schwein in den Knast zu bringen.«

Ethan war irritiert. Er runzelte die Stirn und schickte Julien einen fragenden Blick, blieb aber ungewöhnlich still. Dann leerte er seine Coke und stand auf.

»Wie auch immer«, knurrte er im Gehen. »Habt noch nen schönen Sonntag!«

Julien wandte sich zu Tara, die ihn mit hochgezogener Braue betrachtete.

Sie grinste. »Mein Held!«

KAPITEL 13

Nach der letzten Vorlesung fuhr Tara von der
Uni zu ihrem Haus in West Riverside. Weil es
wieder wärmer geworden war, wollte sie ihre Lederjacke gegen eine Strickjacke ersetzen. Andere
Kleidung brauchte sie außerdem. Zuvor hatte sie
in der Bibliothek vorbeigeschaut, doch Charlene
hatte den Montag freigenommen, und so hatte
Tara auf ein Schmökern in Büchern verzichtet.

Die Fahrt erwies sich als eine Herausforderung an die Nerven. Zuerst musste Tara einen
Umweg nehmen, weil eine Straße wegen einer
Baustelle gesperrt war, dann verplemperte sie eine
gefühlte Ewigkeit an einer Ampel, die einfach
nicht auf Grün schaltete. Sie fuhr schließlich bei
Rot. Als sie wenig später in einen Stau geriet, der
durch das umständliche Wendemanöver eines
Umzugswagens entstand, wollte sie den Plan am
liebsten aufgeben, zwang sich aber zu warten und
konnte bald weiterfahren. Endlich am Ziel, wüte-

te eine schreckliche Nervosität in ihrer Brust, die noch beißender wurde, als sie die Haustür aufschloss und ihr stickige Luft entgegenschlug.

Vor sich hin schimpfend eilte Tara zu einem Küchenfenster und kippte es an. Nachdem sie auch die Terrassentür geöffnet hatte, ging sie ins Schlafzimmer, um die benötigten Sachen aus dem Schrank zu holen. Gedankenverloren legte sie ein paar Blusen und Hosen zurecht, da glaubte sie, etwas zu hören und lauschte. Es war still. Tara wollte weitermachen, spürte aber mit einem Mal das Amulett. Wie so oft kribbelte die Hautstelle, auf der es lag – aber nicht erst seit diesem Moment, wie ihr jetzt bewusst wurde. Schon die ganze Zeit war das Veve aktiv, doch Tara war so abgelenkt gewesen, dass sie das Kribbeln für ihre Nervosität gehalten hatte.

Verschwinde aus dem Haus!, rief ihr eine innere, fremd klingende Stimme zu. Ihr Blick fiel durch die Tür ins Wohnzimmer, wo ihre Tasche in einem Sessel stand. Ihr Autoschlüssel und das Handy waren darin. Tara schob die Kleidungsstücke in eine Tüte, verzichtete auf die Strickjacke und verließ den Raum. Im Wohnzimmer verstärkte sich das merkwürdige Gefühl, und sie sah sich um. In dem Moment, als sie bemerkte, dass die Terrassentür nicht mehr offen war, brannte das Amulett auf ihrer Haut. Erschrocken fuhr sie herum.

Ben stand zwischen Wohnzimmer und Korridor, schaute ihr zu und lächelte. Er trug Jeans und ein schwarzes Sweatshirt, dessen Kapuze er jetzt nicht aufgeschlagen hatte. So attraktiv wie eh und je war er, ein blond-blauäugiger Schönling – und doch unsagbar hässlich.

Ein paar Sekunden lang war Tara starr vor Schreck, dann eilte sie zu ihrer Tasche. Sie riss sie mit sich, lief in die entgegengesetzte Richtung zur Terrassentür, da war Ben schon bei ihr und warf sich mit ihr zu Boden. Sie stürzte auf die Schulter, schrie vor Schmerz und wand sich, um unter ihm hervorzukommen.

»Ben, bitte!«, keuchte sie und hörte sein Lachen – gemein und verächtlich, wie es immer gewesen war.

»Gute Nacht, Schwesterherz!«, höhnte er und presste ihr ein Tuch vor Mund und Nase. Den stechenden Geruch von Chloroform nahm Tara nur kurz wahr. Viel zu schnell klinkten sich all ihre Sinne aus.

***

Als Tara zu sich kam, war es dunkel. Sie fühlte sich müde und war zuerst verwirrt. Ihr Bewusstsein brauchte eine Weile, um ihren Geist zu finden, doch nach und nach wurden ihr bestimmte Dinge klar, vor allem die eine Sache: Ben hatte sie in ihrem Haus überrumpelt.

Ein pochender Schmerz rumorte in ihrer Schulter. Wegen des harten Untergrundes tat ihr außerdem die Seite weh. Sie hörte Fahrgeräusche, das Brummen eines Motors, ungewöhnlich laut, und es war kühl. Als sie begriff, dass sie sich in einem Kofferraum befand und in einem Sack aus miefigem Stoff steckte, schlug ihr Herz vor Panik schneller. Sie konnte nur murren, nicht schreien, denn ihr Mund war mit Tape verschlossen. Ihre Füße waren an den Gelenken zusammengebunden, die Hände ebenfalls. Auf ihrem Rücken allerdings. Wann immer der Wagen um eine Kurve fuhr, rutschte sie nach oben oder unten. Wurde gebremst, stieß sie sich an irgendwelchen Gegenständen, die ebenfalls im Kofferraum waren.

Taras Atem stockte, als der Motor nach einer Bremsung ausging. Über das Dröhnen ihres Herzschlags hinweg hörte sie, wie eine Tür geöffnet und geschlossen wurde, dann klappte der Kofferraum auf. Durch die Fasern des Sackes hindurch erkannte sie Ben, der sich herabbeugte. Er zog ihr den Sack vom Gesicht, sodass sie ihn kurz vor der Kulisse des Nachthimmels sah. Die schmale Sichel des abnehmenden Mondes verschwand gerade hinter einer Wolke.

Tara erwartete, dass er sie aus dem Kofferraum hob, doch er presste ihr abermals das in Chloroform getränkte Tuch vors Gesicht. Die Schmerzen ließen sofort nach und mit ihnen wurde ihr Bewusstsein ein zweites Mal ausgeschaltet.

***

Träge blinzelte Tara durch die Wimpern. Sie sah gar nichts, nicht einmal Konturen oder Schatten.

Diesmal war es still. Und noch kälter. Und der Boden, auf dem sie lag, war steinhart. Es roch nach feuchtem Lehm, wie in einem Keller.

Sie wusste nicht, ob sie zwischenzeitlich wach gewesen und wieder eingeschlafen war. Weil die betäubende Wirkung des Chloroforms durch das Inhalieren von Sauerstoff eigentlich innerhalb von einigen Minuten nachließ, ging sie davon aus. Ihr Zeitgefühl war völlig dahin, doch sie erinnerte sich, dass es beim Wachsein im Kofferraum Nacht gewesen war, also vermisste Julien sie längst. Bestimmt war er bei ihrem Haus gewesen, hatte ihr Auto dort gesehen. Das hatte Ben sicher stehen lassen und sie irgendwie anders fortgeschafft, in dem Sack und einer Karre vielleicht. Wie ein Zentner Zement war sie wohl in seinem Kofferraum gelandet.

Jeden Knochen spürte sie inzwischen. Die Fesseln an den Hand- und Fußgelenken rieben hart über ihre Haut, und das über ihren Mund geklebte Tape juckte. Tara versuchte sich aufzurichten, kam aber nicht hoch, also drehte sie sich, soweit das ging, und schüttelte den Kopf, damit die Haare aus ihrem Gesicht rutschten. Sie erschrak, als das Geräusch eines zurückschnappenden Schlosses ertönte und starrte in die Richtung, aus der es gekommen war. Der schwache Schein eines entfernten Lichtes fiel durch einen Türrahmen, in dem Bens Silhouette erschien. Er betrat den, wie sich herausstellte, geradezu winzigen Raum, setzte sich kaum einen Meter vor ihr auf den Boden und entzündete eine Kerze. Ihr Wachs ließ er abtropfen, damit er sie hinstellen konnte. Fassungslos, irritiert und voller Abscheu beobachtete Tara, wie er ein ebenfalls mitgebrachtes Buch nahm, aufklappte und durch die Seiten blätterte.

»Es ist neun Uhr am Morgen, Miss Oberschlaudozentin«, sagte er dazu und räusperte sich, wie um seine Stimme für einen Vortrag zu klären. »Zeit für deine Vorlesung. Wie wäre es mit einer Geschichte von Mr. Poe?« Er glotzte sie an und grinste. »Den magst du doch so.«

Tara hätte gern ein paar saftige Worte erwidert. Weil sie dank des Tapes aber nur murren konnte, zwang sie sich, ganz still zu bleiben. Was auch immer Ben vorhatte, sie würde ihn ohnehin nicht aufhalten können.

Er begann zu lesen: »Ich war den ganzen Tag lang geritten, einen grauen und lautlosen melancholischen Herbsttag lang – durch eine eigentümlich öde und traurige Gegend, auf die erdrückend schwer die Wolken herabhingen. Da endlich, als die Schatten des Abends herniedersanken, sah ich das Stammschloss der Usher vor mir. Ich weiß nicht, wie es kam – aber ich wurde gleich beim ersten Anblick dieser Mauern von einem unerträglich trüben Gefühl befallen.«

Tara erkannte den Text natürlich sofort. Es waren die ersten Zeilen von Edgar Allan Poes bekanntester Geschichte, *Der Untergang des Hauses Usher*. Eigentlich musste sie nicht mehr hören, um Parallelen zu ziehen: Sie war von ihrem Bruder in einen Keller gesperrt worden, und nun trug er ihr eine Geschichte ihres Lieblingsautoren vor, die von einem geistesgestörten Mann handelte, der seine Schwester lebendig im Keller seines Hauses begrub. In Anbetracht dessen, was Ben offenbar vorhatte, hätte Tara ausflippen müssen, doch sie blieb ruhig und hörte bis zum Schluss zu. Ihre Gelassenheit schien Ben zu ärgern, denn nach dem letzten Satz der Geschichte zog er ihr das Tape vom Mund.

»Hast du kapiert, du verhungerst in diesem Loch«, knurrte er, »verdurstest besser noch.«

Tara reagierte gefasst: »Dein Sinn für Schauerliteratur ist mir neu, aber hast du die Geschichte auch richtig verstanden? Du vergleichst dich mit einem Geisteskranken, der am Ende ebenfalls das Zeitliche segnet?«

»Weder sehe ich mich als das eine, noch werde ich das andere tun. Schon gar nicht vor Schreck, wie der Kerl in der Story.« Er lachte. »Ich bin nicht sonderlich schreckhaft.«

»Und dann? Wenn ich tot bin? Verbringst du dein Leben in Gesellschaft meines Leichnams?«

»Bestimmt nicht. Ich entsorge dich im Mississippi, wie Janet, die Schlampe. Rückschlüsse auf mich wird man diesmal nicht ziehen, denn ich bin ja in Südamerika.«

Tara erinnerte sich an den Anruf, den Alexander LaLaurie angeblich von Ben aus Kolumbien erhalten hatte. Wenn er seinem Mördersohn tatsächlich die Flucht ermöglicht hatte und ihn in seinem Versteck unterstützte, war es kein Wunder, dass er und Savannah vor Angst aufzufliegen allmählich verrückt wurden und sich von schwarzen Katzen heimgesucht fühlten.

»Aber was bringt es dir?«, fragte sie. »Wieso genießt du nicht die Freiheit, so unverdient sie auch ist?«

Ben ignorierte Taras Sarkasmus. Er hing seinen Gedanken nach und klang beim Weitersprechen wie das bockige Kind, das er gewesen war: »Was soll ich in Südamerika? Dorthin gehöre ich nicht, ich will da nicht sein. Ich lass mich weder einsperren noch vertreiben. Außerdem, meinst du, ich schaue aus der Ferne zu, wie du hier lebst, als sei nichts geschehen? Als hättest du nicht Dreck auf den Namen meiner Familie geworfen?«

Tara schnaubte. »Natürlich bist du stolz, ein LaLaurie zu sein. Du machst dem Namen alle Ehre! Delphine wäre stolz auf dich.«

»Delphine LaLaurie?« Ben stand auf. »Zugegeben, ich hätte sie gern kennen gelernt. Wie sie deinen Verrat wohl bestraft hätte?« Er trat so nahe, dass Tara nur noch seine Füße und Schienbeine sehen konnte. »Vielleicht hätte sie dir jetzt einen Tritt versetzt oder dir die Klamotten vom Leib gepeitscht.«

Tara presste die Lippen aufeinander, um nicht zu antworten, denn sie hatte Angst, dass Ben zutreten würde. Sie hielt den Atem an, als er einen Fuß hob und ihn auf ihren Kopf stellte.

»Ein Tritt und du wärst hin«, sagte er.

»Was hält dich auf?«, wisperte Tara.

Er nahm den Fuß weg und machte eine Schritt zurück. »Dein zu schneller, leidloser Tod. Ich mag den Gedanken, dass du dir auf der Suche nach Wasser die Finger blutig schabst. Jede Sekunde, in der du dich nicht wie eine LaLaurie verhalten hast, sollst du bedauern.«

»Ich werde höchsten stolz darauf, absolut richtig gehandelt zu haben.«

»Das werden wir sehen. Eigentlich müsstest du schon durstig sein. Was meinst du, wie es sich erst anfühlt, wenn dein Mund so trocken ist, dass du nicht mehr schlucken kannst und sich deine Zunge wie ein Reibeisen anfühlt.«

Der Gedanke daran machte Tara augenblicklich mehr Durst als sie ohnehin hatte.

Indes fuhr Ben fort: »Ich werde dann hier sein, um dir zuzuhören und zu beobachten, wie du von innen heraus vergiftest. Dein Blut wird so dick werden, dass es in den Adern stehen bleibt und deine Organe nicht mehr versorgen kann. Eins nach dem anderen werden sie aufgeben.«

»Du hast dich gut informiert. Und das alles mit dem Segen deines Vaters?«

Ben bückte sich, um etwas aufzuheben. Das Tape, wie Tara im Kerzenschein erkannte. Er riss einen neuen Streifen ab, kam wieder zu ihr und klebte ihr das Band vor den Mund.

»*Unser* Vater hat mir natürlich aus dem Gefängnis geholfen«, erklärte er und legte besondere

Betonung auf das eine Wort. »Außerdem hat er dieses Haus hier organisiert. Offenbar in der Voraussicht meiner schlechten Chancen im Prozess hat er es schon frühzeitig gekauft. Nicht selbst natürlich, sondern im Namen eines Freundes.« Er nahm die Kerze vom Boden und blies sie aus, ging zur Tür und wandte sich noch einmal um. »Hiervon weiß er nichts. Er wäre ziemlich sauer, aber ich kann einfach nicht widerstehen. Der Spaß ist zu groß.«

Es wurde dunkel, als Ben die Tür zuzog. Tara hörte, wie er den Riegel vorschob und lauschte seinen Schritten, die bald verklangen. Ihr Mund und ihre Kehle brannten. Schon als sie wach geworden war, hatte sie ein Stechen hinter beiden Schläfen gespürt, das inzwischen stärker geworden war. Verzweifelt und ratlos kniff sie die Augen zu, um die Tränen zurückzudrängen, da hörte sie etwas und riss die Augen erschrocken wieder auf. In der Düsterness erkannte sie eine kleine Gestalt, die sich näherte – eine Katze. Starr vor Schreck hielt sie den Atem an und ließ ihn mit einem Keuchen gehen, als sie das Schnurren vernahm. Wenig später stupste ihr das Tier die Nase gegen die Wange und rieb seinen pelzigen Kopf an ihrer Stirn.

Als sie begriff, dass Shadow bei ihr war, ahnte sie auch, wohin Ben sie gebracht hatte: In die Villa im French Quarter, die Julien und sie umschlichen hatten. Unweigerlich fügten sich Puzzleteile in ihrem Kopf zusammen: Zur selben Zeit, als

Ben bei Julien aufgetaucht war, war Shadow wie ein Blitz aus ihrem Haus in Richtung Downtown verschwunden. Später hatte er sie zur Villa geführt und Julien vielleicht schon zuvor auf Bens Unterschlupf aufmerksam machen wollen. Noch immer fand Tara es ziemlich irre zu glauben, dass Charlene Recht gehabt hatte und der Kater so etwas wie ihr Beschützer war, doch sie erinnerte sich auch an das Amulett. Das Veve der Erzulie hatte sie gewarnt, indem es auf dem gesamten Weg nach West Riverside gekribbelt hatte – zudem hatten sie diverse scheinbar natürliche Hindernisse, wie die ewig rote Ampel, zum Umkehren bewegen sollen.

Während der Kater seine kuschelige Begrüßung fortsetzte, kam Tara zu dem Schluss, dass er eben hinter Ben in den Raum geschlichen war, und sie hatte die Hoffnung, dass er ihr half. Sie wünschte, Ben würde wiederkommen, damit Shadow ebenso unbemerkt aus dem Raum schlüpfen konnte. Vielleicht würde er zu Julien laufen, der sie garantiert suchte. War er auch noch so wenig abergläubisch, er würde Shadow doch folgen. Etwa drei Tage blieben ihr, bis sie verdurstet sein würde – Zeit genug für den Kater und Julien – dennoch wünschte sie Ben auf der Stelle hierher. Außerdem wünschte sie sich freie Hände, damit sie Shadow irgendeinen Hinweis mitgeben konnte. Vielleicht ließ sich in diesem Kellerloch ein Stück Papier finden, auf das sie mit Kohle etwas kritzeln konnte. Doch ihre Hände waren nun einmal zusammengebunden, allzu fest noch dazu. Die Seile hatten die Haut über ihren Gelenken längst aufgerubbelt, und die wunden Stellen spürte sie nur wegen ihres noch stärkeren Kopfschmerzes nicht so sehr. Als eine Folge des Durstes, des Hungers und Chloroforms ließ er ihren Verstand verrücktspielen. So war sie in mancher Sekunde überzeugt, dass sie diese Katastrophe überleben würde, und sich nur einen Augenblick später allzu bewusst, dass ihr nichts als ein Wunder helfen konnte.

Der Kater schien keins vollbringen zu wollen, denn er schmuste weiter mit ihr, stieß seinen Kopf immer wieder gegen ihren und strich an ihr entlang. Auf der Suche nach den Händen, die ihn nicht streichelten, weil sie gefesselt waren, kuschelte er um sie herum und an ihrem Rücken entlang. Bald spürte sie seine nasse Nase an ihren Armen und in den Handflächen. Mit einem Maunzen rieb er seinen Kopf dagegen – eine unmissverständliche Aufforderung mit dem Kraulen loszulegen. Tara konnte die Finger kaum noch bewegen, weil sie inzwischen taub waren.

Als sie Shadow schmatzen hörte, glaubte sie zuerst, dass er über ihre Hände leckte, doch sie spürte nichts. Außerdem klang das Geräusch eher, als würde er fressen, kauen vielmehr. Ein von Hoffnung ausgelöster Endorphinschwarm sauste durch ihr Blut, als sie begriff, dass er sich an den Fesseln zu schaffen machte. Sein Knabbern am stabilen Strick setzte der wundgeriebenen Haut über den Gelenken weiter zu, doch Tara biss die Zähne zusammen. Nebenbei lauschte sie und hatte keine Ahnung, was sie tun sollte, wenn Ben jetzt oder demnächst zurückkehrte. Es durfte einfach nicht passieren!

Shadow brauchte seine Zeit. Geduldig nagte er an den Fesseln, doch irgendwann konnte Tara die Hände wieder bewegen. Sie zitterte vor Aufregung, als sie spürte, dass die Stricke abfielen. Ein paar Atemzüge lang blieb sie noch liegen, reglos und auch ängstlich, dann hob sie den oberen Arm nach vorn und versuchte sich aufzustützen. Die Sehnen und Muskeln schmerzten, weil sie so viele Stunden nicht bewegt worden waren. Mit einem Ächzen stemmte sie ihren Körper in den Sitz, zog die Füße heran und fummelte an den Fußfesseln. Weil es so dunkel war, konnte sie den Knoten nur erfühlen, und ihre Finger waren zuerst so schwach, dass sie vergeblich versuchte, ihn zu öffnen.

Von Shadows Schmusen ermuntert, aber doch halb verzweifelt, weinte Tara bald, weil sie keinen scharfen Gegenstand fand, den sie als Messer verwenden konnte. Frustriert riss sie sich das Tape vom Mund, flüsterte leise Flüche und tastete den Boden rund herum erneut erfolglos ab.

»Ich schaffe es!«, wisperte sie und atmete durch, um das Schluchzen, das aus ihrer Kehle aufsteigen wollte, zu unterdrücken. Beruhigen musste sie sich außerdem, denn solange sie zitterte, würde sie die Fußfesseln nie lösen.

Um das Dunkel des Kellers auszublenden, schloss sie die Augen, nahm den Knoten zwischen die Finger, spürte ihn nach und zupfte daran. Ihre Fingerspitzen fühlten sich schon stumpf an, da gaben die Stricke endlich nach. Hastig wickelte sie sie ab, trat sie weg und rieb sich die Fußgelenke, in denen sich das Leben mit einem unangenehmen Prickeln zurückmeldete. Dann schnappte sie sich Shadow, drückte ihn an sich und barg das Gesicht in seinem weichen Fell.

»Danke, mein kleiner Gauner«, flüsterte sie.

Er antwortete mit einem Maunzen und strampelte, damit sie ihn absetzte, als wolle er sie darauf aufmerksam machen, dass sie noch lange nicht frei war.

Tara kniete sich hin, wartete bis sich ihr Kreislauf beruhigt hatte und stellte sich dann vorsichtig auf die Füße. Als sie die Arme ausstreckte, berührte sie kalte, steinerne Wände – so schmal war der Kellerraum. Nach nur zwei Schritten erreichte sie die Tür und tastete sie nach einem Riegel ab. Da war nichts. Die Tür ließ sich also nur von außen öffnen. Schon wieder resignierend, sank Tara in die Hocke und stützte den Kopf auf die Hände, da ertönte Shadows Maunzen erneut. Zuerst klang es gedämpft, als sei er in einem anderem Raum, dann wieder ganz nahe.

Auf allen Vieren krabbelte sie zu der Stelle, an der sie den Kater vermutete, strich bald über sein Fell. Er schlenderte unter ihrer Hand durch – und verschwand. Tara tastete die Wand ab und fand ein Loch im Mauerwerk. Die letzten zwei oder drei Backsteine über dem Boden fehlten. Von der anderen Seite hörte sie den Kater abermals miauen und testete sofort die restlichen Backsteine über dem Loch. Der nächste war tatsächlich so lose, dass er beinahe von selbst herunterfiel.

Immer hastiger machte Tara weiter, löste Stein für Stein und hielt manchmal inne, um durch das Loch zu schauen. In einem sehr viel helleren Kellerraum hockte Shadow und blinzelte aus seinen gelben Augen zu ihr hinüber. Hin und wieder hielt sie inne und lauschte, doch ihr Herz schlug inzwischen wieder so schnell und laut, dass sie kaum etwas anderes hörte. Sie hoffte nur, und mit jedem Stein, den sie aus dem Mauerwerk löste, stieg ihre Hoffnung.

Nach einer gefühlten Stunde war das Loch groß genug. Tara legte sich auf den Bauch und robbte in den Nebenraum. Vor Aufregung atemlos, blieb sie kurz liegen, rollte sich dann auf den Rücken und setzte sich auf. Shadow schmuste noch einmal um ihre Beine, dann lief er zur offenstchenden Tür und die dahinterliegende Treppe hinauf. Tara stand auf, um ihm zu folgen. Sie hatte den Fuß schon auf der ersten Stufe, da vernahm sie Musik. Elektronisch-psychedelische Klänge – perfekt zur Untermalung eines Rausches. Allzu bildhaft konnte sie sich vorstellen, wie sich Ben die Einsamkeit seines Verstecks vertrieb, indem er kokste und den Rausch zelebrierte. Nichtsdestotrotz musste sie aus dem Haus raus und setzte den anderen Fuß auf die zweite Stufe.

Das Amulett begann zu kribbeln. Tara hielt inne, schloss die Hand darum und dachte an Shadow, der so zielgerichtet nach oben getappt war. Vielleicht, weil es für ihn oben einen Weg hinaus gab? Sie trat zurück. Das Kribbeln hörte auf. Diesmal würde sie auf Erzulie – und sei sie nur ihre Intuition – hören, beschloss sie und kehrte in den Keller zurück.

Dort gab es ein Fenster. Es lag auf Schulterhöhe und ließ sich nicht öffnen, aber immerhin bot es einen Weg hinaus. Tara entdeckte einen alten Tisch. So lautlos wie möglich rückte sie ihn unter das Fenster, griff sich einen metallenen Fleischtopf und kletterte auf das Möbelstück, um durch das vor Dreck fast blinde Glas zu linsen. Sie hatte gehofft, dass die Straße dahinter lag, und erkannte nun, dass es der Garten war. Wandte sie den Kopf, entdeckte sie jedoch auch das Tor, hinter dem sie gestanden und nach Shadow Ausschau gehalten hatte.

»Du musst schnell sein«, murmelte sie zu sich selbst. »Und du musst klettern, irgendwie über das Tor kommen oder notfalls über die Straße brüllen und hoffen, dass dich jemand hört!«

Fest entschlossen holte sie mit dem Topf aus und schlug das Fensterglas ein hatte.

KAPITEL 14

15 Stunden zuvor

Mit einem leisen Bauchgrummeln betrat Julien das Loft. Es war typisch für Tara, nicht auf seine Anrufe zu reagieren, wenn etwas passiert war … wenn er sie verletzt hatte, genau genommen. Eines Fehlers war er sich nun aber nicht bewusst und hoffte, dass ihr Handy lediglich unbemerkt statt ignoriert in der Handtasche vor sich hin dudelte, während sie auf der Couch in einem Buch las, in der Wanne relaxte oder irgendwie anders abgelenkt war.

Das Bauchgrummeln wurde stärker, als er Tara nirgends sah. Er warf einen Blick auf die Uhr, die ihm kurz nach sieben anzeigte. Taras letzte Vorlesung war seit zwei Stunden zu Ende. Vielleicht saß sie bei Charlene in der Bibliothek? Wiederum ganz untypisch für Tara war, ihm in diesem Fall nicht Bescheid zu sagen. Sie wusste, dass er sich sonst Sorgen machte. Nicht ohne

Grund. Dachte Julien an den Grund, wurde ihm schlecht.

Er schulterte seine Tasche ab, stellte sie auf einen Stuhl im Eingangsbereich und verließ das Appartement wieder, um in der Dämmerung zur UNO zu fahren und der Bibliothek einen Besuch abzustatten. Die Rushhour war noch nicht vorbei, und so stand er mehr im Stau als dass er fuhr, hin und wieder zweifelnd, ob er sich richtig verhielt. Tara sollte sich nicht eingeengt fühlen; Ethans Kontrolle und der Stalker verunsicherten sie schon genug.

Es war dunkel, als Julien die Uni erreichte. Inzwischen war er überzeugt, Tara in den ihr heiligen Hallen mit der Nase in einem Buch zu finden. Er beschloss, sie zum Essen in ein Restaurant zu entführen. Eigentlich hatte er Take-away-Food mitbringen wollen und sie deshalb angerufen.

Beinahe jeder Tisch im Lesebereich der Bibliothek war besetzt. Tara saß an keinem. Wieder nervöser schritt Julien die Buchreihen des Parterre ab. Ohne Erfolg. Nachdem er sie auch in der ersten und zweiten Etage nicht fand, suchte er Charlene und erfuhr von der Mitarbeiterin hinter dem Empfangsdesk, dass sie Urlaub genommen hatte. Die Frau kannte Tara als die Literaturdozentin, die ganze Abende in der Bibliothek verbrachte, hatte sie heute aber nicht gesehen.

Klopfenden Herzens eilte Julien ins Freie und zum Parkplatz. Er stieg ins Auto, düste los und war froh, dass die meisten Leute inzwischen im Feierabend angekommen waren. So kam er schneller voran. Ein weiteres Mal rief er Tara an, so sehr hoffend, dass sie ihn erlöste, doch nach dem fünften Klingeln meldete sich wie gehabt die Mailbox. Völlig entnervt parkte er bald vorm Missi Spirits.

»Hey, Julien«, begrüßte ihn Kat und klang überrascht.

Dass Tara nicht hier war, hatte er mit wenigen Blicken festgestellt, hoffte aber, dass sie bis vor Kurzem hier gesessen hatte.

»War Tara hier?«, fragte er also.

Kat runzelte die Stirn. »Nein. Ist etwas passiert?«

Himmel, lass ihr nichts passiert sein!, schoss es ihm durch den Kopf. Er konnte nur mit den Schultern zucken. »Sie hätte längst zu Hause sein sollen oder noch in der Bibliothek. Ist sie aber nicht, also hatte ich gehofft, sie hier zu finden.«

Wie von einem miesen Gefühl gesteuert, verschränkte Kat die Arme vor der Brust. »Und sie hat dir keine Nachricht geschrieben oder so?«

»Nein. Das ist das Merkwürdige.«

»Habt ihr euch gestritten? Gestern Abend, nachdem ihr hier fort seid, oder heute Morgen?«

Julien schüttelte den Kopf. »Nein. Es war alles in Ordnung. Heute früh sind wir zur selben Zeit losgefahren, sie ist zur Uni und ich bin ins Büro.« Er wusste nicht, was er noch sagen oder denken sollte.

»Hast du in ihrem Haus nachgeschaut?«

»Nein, nur angerufen.« Julien machte kehrt und ging zur Tür. »Ich fahr dort jetzt hin.«

»Okay, lass mich wissen, wenn du sie findest«, rief Kat ihm nach.

»Natürlich, das mach ich«, versprach er.

Kats nächste Bitte wurde halb von der sich hinter ihm schließenden Tür verschluckt: »Und wenn nicht, dann sag mir auch Bescheid.«

Ausgeschlossen, dass er Tara nicht fand! Falls sie nicht in ihrem Haus war, würde er sich zu Ethan oder den LaLauries aufmachen. So unangenehm das auch werden würde.

Auf der Fahrt nach West Riverside schlichen die schlimmsten Gedanken in seinen Kopf. Er erinnerte sich an Bens Drohung, dass er Tara sterben sehen würde, wenn er ihr jemals wieder zu nahe kam. Er hatte das ignoriert – weil er ihr hatte nahe sein müssen und Ben auf einem anderen Kontinent vermutete. Außerdem hatte er geglaubt, sie immer beschützen zu können. Wie unvorsichtig Tara manchmal war, hatte sie ihm jedoch gezeigt, als sie dem Stalker vor ihrem Flug nach Illinois nachgelaufen war.

Schon von Weitem entdeckte er Taras Auto vor ihrem Haus. Alles andere als erleichtert parkte er dahinter, stieg aus und eilte zum Eingang, dessen Fenster wie alle anderen dunkel waren. Eine böse Ahnung ließ ihn besonders leise aufschließen. Beinahe geräuschlos schloss er die Tür hinter sich, stand ein paar Sekunden lang im stockdunklen Korridor und lauschte. Er schlich ins Wohnzimmer, linste ins Schlafzimmer, sah zur Küche hinüber und überprüfte auch das Bad. Keine Spur von Tara, wo er darauf gefasst gewesen war, sie geknebelt oder in einem schlimmeren Zustand vorzufinden.

Julien schaltete das Licht ein und schaute sich um, ratlos und mit einem elenden Gefühl im Magen. Da entdeckte er Taras Handtasche in einem Sessel. Eine Tüte stand auf dem Boden davor. Tara war hier gewesen!

Weil die Tasche so groß war, dass sogar Tara ewig darin wühlte, um etwas zu finden, und weil er keine Geduld hatte, öffnete er das Ding und schüttete den Inhalt einfach aus. Neben Kosmetikartikeln und Zettelkram fielen drei wichtige Dinge in den Sessel: Taras Handy, die Geldbörse samt ID, der Autoschlüssel. Julien lief in den Korridor, um nach dem Haustürschlüssel zu schauen und fand den Bund, wie befürchtet, auf der halbhohen Kommode, wohin ihn Tara immer legte, wenn sie zu Hause war.

Seine letzte Hoffnung war der Garten. Die Terrassentür war zwar zu, aber nicht verschlossen. Das war nur von innen möglich, und der kleine Hebel, der das erledigte, war zurückgeschnippt worden. Panik pulsierte unter Juliens Schädeldecke, als er in den leeren Garten trat. Auf der Suche nach einem plausiblen Grund, warum Tara ohne Geld oder Schlüssel durch den Garten aus dem Haus verschwunden war, drehte er sich einmal um die eigene Achse. Dann ging er zum Nachbarhaus und klopfte an die Hintertür. Weil niemand öffnete und Julien bemerkte, dass auch hier alle Fenster dunkel waren, wechselte er zum Haus auf der anderen Seite und versuchte es dort.

Taras Nachbarin machte auf und begrüßte ihn.

Julien kam gleich auf den Punkt: »Haben Sie Tara heute hier gesehen?«

Die Frau verneinte. »Ich bin aber auch erst eine Stunde zu Hause. Bis achtzehn Uhr war ich arbeiten, danach im Supermarkt.«

»Und Ihr Mann?«

»Der hat Spätschicht. Ist wahrscheinlich gegen Mittag aus dem Haus und kommt erst in zwei Stunden nach Hause. Soll ich ihn mal anrufen?«

Julien hielt das für überflüssig. Mittags war Tara noch an der Uni gewesen – davon ging er nun einmal aus, würde aber nicht mehr selbst nachforschen, sondern das der Polizei von New Orleans überlassen. Um in Ruhe telefonieren zu können, speiste er die neugierig gewordene Nachbarin mit ein paar Worten ab, ging nach drinnen und schloss die Tür mit dem Fuß, um die Klinke nicht noch einmal anzufassen.

***

Die für den zweiten Distrikt zuständigen Cops hatten die dreistündige Abwesenheit einer Frau für nicht ungewöhnlich befunden und waren schulterzuckend abgezogen. Dass es sich bei der

Verschwundenen um Tara LaLaurie handelte, die in den vergangenen Tagen von einem Stalker beobachtet und zuvor von ihrem Bruder, einem Mörder auf der Flucht, bedroht worden war, mussten sie der Ordnung wegen außer Acht lassen. Schließlich hatte das eine nicht zwingend etwas mit dem anderen zu tun. Bevor man aktiv wurde, benötigte man Beweise. Wie immer, ein Handeln nach Vorschrift.

Julien hätte die zur Kontrolle und Befragung gesendeten Cops am liebsten umgehauen. Mühsam hielt er sich unter Kontrolle und verabschiedete sie einigermaßen freundlich an der Haustür. Im Anschluss telefonierte er mit Detective Delainy und bekam ähnlich vertröstende Worte zu hören. Als der Mann in Erwägung zog, dass Tara nur spazieren gegangen war, verlor er zum ersten Mal in seiner Zeit als Jurist die Fassung und brüllte los – dies im vollen Bewusstsein, dass es nichts brachte.

Nach diesem ernüchternden Telefonat war Julien wie zuvor versucht, die LaLauries oder Ethan anzurufen. Er ließ es, weil er verunsichert war. Weder die einen noch der andere würden ihm helfen. Nicht nur, weil sie keinen Draht mehr zu Tara hatten. In so mancher Vorstellung waren sie sogar in die Entführung involviert – dass sie aus ihrem Haus entführt worden war, stand für ihn inzwischen fest. Bedauerlicherweise war er der Einzige, der das so sah. Er fand es unglaublich, dass die Polizei erst aktiv werden wollte, wenn etwas geschehen war, nur weil Tara gerade drei Stunden vermisst wurde.

An Schlaf war dementsprechend nicht zu denken. Während er später im Loft auf und ab tigerte, gewann Bens Drohung immer mehr Präsenz in seinem Kopf: *Du wirst sie sterben sehen!* Eine Stimme beharrte darauf, dass Tara nicht spazieren war. Dieselbe Stimme machte ihm klar, dass der Stalker kein Unbekannter gewesen war und auch nicht Ethan, sondern Ben. Ben LaLaurie, der seine Drohung wahr machen würde. Weil es ihm eine persönliche Genugtuung war.

Auf der Fensterbank, auf der er und Tara für den Blick auf die Straße am liebsten saßen, nickte er in den frühen Morgenstunden ein. Geweckt wurde er von seinem Handy, das er noch in der Hand hielt. Nach nur wenigen Stunden Schlaf stolperte sein Geist zurück ins Wachsein, ließ ihn die Augen öffnen und sich erinnern. Er nahm den Anruf entgegen, ohne auf die Nummer zu achten, und rechnete mit der Staatsanwältin, dem Detective oder einem Mandanten. Den Namen, mit dem sich der Mann am anderen Ende der Leitung meldete, konnte er zuerst nicht einordnen.

»Sie hatten sich wegen der Villa im French Quarter erkundigt«, sagte die Stimme dann.

Julien zerrte seinen Verstand ins Hier und Jetzt und klärte seine Kehle mit einem Räuspern. »Danke, dass Sie zurückrufen.« Noch schwerfällig erinnerte ihn sein Geist an Shadow, den Tara hinter dem Tor des Hauses hatte verschwinden sehen. Dass er auf der Suche nach einem Kater war, wollte er natürlich nicht sagen, also bekundete er ein Interesse an der Immobilie.

Bereits nach wenigen Worten wurde er ausgebremst: »Tut mir leid, aber das Haus ist bereits verkauft. Der neue Eigentümer ist Steven Mitchell. Bei Interesse wenden Sie sich bitte an ihn.«

Julien stutzte. »Steven Mitchell? Der ehemalige Staatsanwalt?«

»Genau der.«

Julien bedankte sich für die Info und legte auf. Ihm war klar, dass Mitchell nicht nur Susan Birdmans Vorgänger als Staatsanwalt von New Orleans war, sondern auch ein enger Freund von Alexander LaLaurie. Mit Bens Festnahme hatte er sein Amt niedergelegt, um sich nicht wegen Befangenheit in Schwierigkeiten zu bringen. Dass er die Villa im French Quarter erstanden hatte, wäre nichts Ungewöhnliches, denn der Mann hatte so viel Geld, dass er jedwedes Haus in New Orleans kaufen konnte. Das für Julien Alarmierende an der Sache war die Tatsache, dass Shadow im Garten eben diesen Hauses verschwunden war – dies, wo Tara erst vor wenigen Tagen überlegt hatte, ob ihr Kater nicht irgendwie … kein ganz normaler Kater war.

Juliens Daumen lag noch auf dem Display des Smartphones. Nun rief er die Nummer von Susan Birdman auf und startete den Anruf. Er würde der Staatsanwältin den Sachverhalt schildern und war zuversichtlich, dass sie ihm zustimmte: Sie brauchten einen richterlichen Durchsuchungsbeschluss für die Villa in der Ursulines Avenue. Obwohl es bereits neun Uhr am Vormittag war, konnte es dauern, bis der erteilt wurde, also rief er auch auf der Wache des zuständigen Distriktes an und ließ sich zum Police Commander durchstellen. Ethan McAllister fiel offenbar aus allen Wolken und versprach, sich umgehend auf den Weg zu machen.

Julien selbst war durch nichts und niemanden aufzuhalten.

***

Kurz vor zehn traf Julien unrasiert und in den Klamotten des Vortags in der Ursulines Avenue des French Quarters ein. Das war zwei Minuten bevor Ethan seinen Pick-up am Straßenrand parkte – gefolgt von seiner schwerbewaffneten Mannschaft, die auf den Durchsuchungsbeschluss des zuständigen Richters wartete. Julien war nicht überrascht, als wenig später eine Limousine eintraf, aus der Alexander LaLaurie stieg. Taras Vater ignorierte ihn und wandte sich an Ethan mit der Frage, was los sei. Der Chief wunderte sich, woher Alexander vom Einsatz wusste.

»Ich weiß von allem, was in New Orleans geschieht«, behauptete der schroff, »und ich frage mich, ob hier nicht Gelder für einen sinnlosen Einsatz verplempert werden.«

Einen Moment lang verschlug es Ethan die Sprache. Als er sie wiederfand, straffte er die Schultern. »Wie kannst du diesen Einsatz für sinnlos halten? Deine Tochter wird vermisst, und es besteht der Verdacht, dass dein Sohn sie hier gefangen hält.«

Alexander LaLaurie schob die Hände in die Hosentaschen und starrte über die Straße zum Haus. »Schieb dir deinen Verdacht sonst wo hin, Ethan!«, knurrte er. »Ich bin sicher, du verschwendest deine Zeit.«

Julien konnte sich nicht zurückhalten. »Ist Steven Mitchell nicht ein guter Freund von Ihnen, Mr. LaLaurie?«, fragte er. »Ich habe gerade erfahren, dass er die Villa vor Kurzem gekauft hat.«

Alexander zuckte mit den Schultern. »Und wenn es so ist. Was interessieren mich die Immobiliengeschäfte meiner Freunde? Wie Sie wissen, Mr. Cavanaugh, war ich Richter und kein Makler.«

Julien ging auf Konfrontation: »Der Kater, der Sie und Ihre Frau nachts heimsucht, Mr. LaLaurie«, sagte er und konnte sich den beißenden Ton nicht verkneifen. »Der scheint es sich in diesem Haus gemütlich gemacht zu haben. Können Sie sich vorstellen, warum?«

Alle Farbe wich aus Alexander LaLauries Gesicht. Er schien etwas sagen zu wollen, doch die Worte schafften es nicht über seine Lippen.

Julien fuhr fort: »Ich zerre Ihren Sohn wieder vor Gericht, das schwöre ich und …« Er unterbrach sich und fuhr herum, weil aus dem Haus plötzlich Musik schallte.

»Was ist mit dem Beschluss des Richters, Kumpel?«, grummelte Ethan. »Entweder bekomme ich den in den nächsten Sekunden oder meine Leute und ich gehen ohne rein.« Er schickte Alexander einen Blick, der vor Verachtung triefte. »Aufgrund des bestehenden dringenden Verdachtes.«

In den Lärm der Musik drang ein Klirren. Julien lief über die Straße zum Eisentor, hinter dem Shadow verschwunden war, und wollte seinen Augen nicht trauen, als er Tara aus einem Kellerfenster klettern sah. Plötzlich voller Angst schlang er die Hände um zwei Gitterstäbe und versuchte, das Tor durch Rütteln zu öffnen. Als das nicht funktionierte, rammte er seine Schulter dagegen, was ebenso wenig brachte. Schon wollte er die Hürde durch Klettern überwinden, da war Ethan an seiner Seite und trat mit solcher Wucht gegen das Tor, dass das Schloss aufschnappte und der Flügel mit einem rostigen Kreischen zurückschwang.

Julien eilte zu Tara und half ihr aus dem Fenster. Ihre Handflächen waren blutig, weil sie sich am noch im Rahmen steckenden Glas geschnitten hatte. Ebenfalls blutige Schwielen zogen sich um ihre Handgelenke. Ihre schwarze Kleidung war grau vor Schmutz. Sie war barfuß.

Behutsam zog Julien Tara auf die Füße und strich ihr die zerzausten Haare aus dem Gesicht.

Ihr Blick ließ ihn frösteln. Das Entsetzen über das Erlebte stand in ihren dunklen Augen, machte sie größer als sie ohnehin waren. Ein breiter Streifen über Mund und Wangen erzählte von einem Klebeband, das ihre Haut gereizt hatte. Sein Herz stach vor Mitgefühl, aber auch vor Erleichterung, sie wiederzuhaben. Er nahm sie in die Arme und wiegte sie, um ihr Zittern zu stillen, streichelte über ihren Rücken und drückte ihr einen Kuss auf die von Schmutzstriemen überzogene Stirn.

»Julien ...«, flüsterte sie und umarmte ihn fester. Dann barg sie das Gesicht an seiner Schulter und atmete mit einem Keuchen tief ein.

»Alles gut!«, gab er leise zurück, als er spürte, dass sie sich anspannte. Er würgte an dem Kloß, der sich in seiner Kehle festsetzte. »Lass es raus!«

Tara kam nicht dazu, den Schock gehen zu lassen oder etwas anderes zu sagen. Sie und er schraken auf, als es im Hausinneren krachte. Hinter dem Seitenfenster wurde es hell, ein Feuerschein loderte.

»Raus aus dem Garten!«, bellte Ethan, der in der Nähe wartete. »Ich gehe jetzt rein.«

Julien nahm Taras Hand und führte sie zur Straße. Sie stolperte eher, als dass sie ging, starrte zum Haus und wimmerte: »Es brennt!« Dann versuchte sie, sich loszumachen. »Shadow ist da drin.«

Julien kam nicht zu einer Erwiderung, denn im Haus ertönte ein Schrei, so panisch, dass sich seine Nackenhaare aufstellten. Schnell nahm er Tara hoch, trug sie aus dem Garten und über die Straße, wo sein Wagen parkte. Sein Blick streifte Alexander LaLaurie, der zwischen Cops, die Schaulustige loszuwerden versuchten, wie zu Granit versteinerte und zur Villa spähte, aus der anhaltende Schreie und Poltern drangen. Die Musik sorgte für eine inzwischen schauerliche Untermalung des Szenarios. Julien wollte Tara ins Auto setzen, doch sie machte sich los und fuhr herum. Julien wandte sich ebenfalls um und sah das Lodern durch das Haus taumeln. Mal war es hinter dem einen Fenster, dann hinter einem anderen und entzündete scheinbar immer mehr Gegenstände.

»Shadow ist da drin«, murmelte Tara erneut, dann schluchzte sie.

Julien nahm ihre Hand. Er brachte keinen Ton heraus und beobachtete, wie Ethan flankiert von ein paar Cops zur Haustür lief. Gerade wollte er sie aufbrechen, da barst ein Fenster unter dem Gewicht einer Feuergestalt, die hindurchstürzte. Unter markerschütternden Schreien wand sich der Mann, der nur Ben LaLaurie sein konnte, auf dem Gehweg.

Als Alexander LaLaurie aufbrüllte, zuckte Tara zusammen und hielt sich die Ohren zu. Julien nahm sie erneut in die Arme und drehte sich mit ihr, sodass sie nicht mehr zum Haus schauen konnte. Er selbst hatte alles noch im Blick: Polizisten rannten mit Decken zur Feuergestalt, um die Flammen zu ersticken. Ethan hielt Alexander LaLaurie von der Szene fern. Und im gerade zerbrochenen Fenster, vorm flammenden Zimmer saß ein schwarzer Kater und starrte aus gelben Augen auf die Straße. Als es ihm zu heiß wurde, sprang er auf den Gehweg und spazierte herüber. Die um Bens Leben bemühten Cops oder jemanden anders würdigte er keines Blickes, sondern war auf Tara und ihn konzentriert.

Ohne Tara loszulassen, öffnete Julien die hintere Tür seines Wagens. Als sei es selbstverständlich hopste Shadow hinein, setzte sich auf den Rücksitz und begann, sich zu putzen. Tara entdeckte ihn und saß schneller im Auto als Julien »Bitte« sagen konnte. Er warf die Tür hinter ihr zu, sah noch, wie sie den Kater hochnahm und an sich drückte, dann wandte er sich abermals dem Geschehen zu.

Ein grausiger Gestank ging vom inzwischen leblosen Körper vor der Villa aus. Ethan zückte sein Handy, während sich andere Cops um den apathischen Alexander LaLaurie kümmerten. Er wehrte sich nicht, als sie ihm Handschellen umlegten.

»Jeder bekommt im Leben irgendwann genau das, was er verdient«, hörte Julien jemanden sagen, drehte sich um und entdeckte Charlene, die von einem Fahrrad abstieg.

»Wissen Sie, wer da verbrannt ist?«, fragte eine der Schaulustigen.

»Ben LaLaurie war das«, entgegnete Charlene.

»Der entlaufene Mörder?«, raunten einige Leute unisono und einer sagte: »Die Diskussion um lebenslänglich oder die Todesstrafe müssen wir nun glücklicherweise nicht mehr führen. Das hat das Schicksal erledigt.«

Oder ein schwarzer Kater, dachte Julien und versuchte die Anspannung abzuschütteln, die ihn ergriffen hatte und zittern ließ. Er wollte zu Tara ins Auto steigen, da tauchte Ethan an seiner Seite auf.

»Bringst du sie ins Krankenhaus?«, fragte der Cop und rieb sich mit einer Hand übers Gesicht, als könne er so den Schock wegwischen.

»Natürlich«, gab Julien zurück. »Sie wird zwar nicht wollen, aber ihre Hände sind blutig. Die Gelenke auch, wahrscheinlich von Fesseln …« Die Vorstellung, wie brutal Ben vorgegangen sein musste, verschlug ihm die Sprache.

Ethan legte eine Hand auf seine Schulter. »Lass Tara komplett durchchecken, ob sie will oder nicht. Sie ist ein Sturkopf, wie du sicher weißt, aber vielleicht hat sie noch andere Verletzungen, die behandelt werden müssen.«

Als Ethan zu Tara ins Auto sah, befürchtete Julien schon, dass er die Tür aufreißen und sich zu ihr setzen würde, doch er wandte sich abermals an ihn.

»Merkwürdig, dass ihr Kater hier war«, brummelte er und trat zurück. »Wie auch immer, ich hab hier zu tun, Kumpel, lass mich wissen, wie es Tara geht.«

Damit stapfte er zu dem Fahrzeug, in dem Alexander LaLaurie hockte.

Julien ging um seinen Wagen herum und stieg ein. Ein paar Sekunden lang saß er still da, um zu begreifen, was gerade geschehen war.

KAPITEL 15

Tara klappte das Buch auf und las vor: »Ich verlange und erwarte nicht, dass man die höchst seltsame und doch einfache Geschichte, die ich hier niederschreiben will, glaubt. Es wäre auch töricht, dies zu tun, denn ich selbst vermag dem Zeugnis meiner Sinne kaum zu trauen. Doch bin ich weder wahnsinnig noch habe ich geträumt.«

Sie schlug das Buch zu und warf einen Blick auf die Uhr. Fünf Minuten blieben noch bis zum Ende der Vorlesung, bis zum Abschluss des Kapitels der Dunklen Romantik auch. Mit Poes *Schwarzem Kater* endete es wie gewohnt schauerlich: Den Grauentaten war ein Ende gesetzt, denn der Kater hatte unerwartete Gerechtigkeit über den Mörder gebracht. Das mochte man nun glauben oder nicht.

Die Studenten waren aufgeregt, denn am nächsten Tag begann der April und mit ihm Spring Break. Schon jetzt überlegten sie, in welcher Bar sie am Abend durchstarten würden, waren wegen des interessanten Themas aber noch einigermaßen bei der Sache. Während sie jetzt diskutierten, flogen Taras Gedanken fort.

Vor ihrem geistigen Auge sah sie sich aus dem Kellerfenster klettern und in Juliens Arme stürzen. Sie sah Shadow auf der Rückbank des Autos und Ethan mit gezückter Waffe, hörte den Schrei ihres Vaters und roch die Flammen. Die schrecklichen Geschehnisse lagen auf den Tag genau zwei Wochen zurück. Die erste davon hatte sie von der Uni freigenommen.

Bens Leichnam war inzwischen freigegeben und unter die Erde gebracht worden. Niemand war dabei gewesen, abgesehen von dem Bestatter, vier Totengräbern und ein paar Presseleuten, die von der Polizei auf Abstand gehalten wurden.

Gegen Alexander LaLaurie hatte Susan Birdman Anklage wegen der Ermöglichung von Bens Flucht aus dem Gefängnis erhoben. Weil er sich bereits schuldig bekannt hatte, erwartete ihn eine vergleichsweise milde Strafe von sechs Jahren Haft, die er nach dem Prozess sehr wahrscheinlich in Angola absitzen würde. Allesamt der Beihilfe und Bestechlichkeit angeklagt waren der ehemalige Staatsanwalt Steven Mitchell, Bens Anwalt Max Boyer sowie Detective Mike Delainy. Als einst enger Vertrauter von Alexander LaLaurie hatte Ethan McAllister der Staatsanwältin einige Fragen beantworten müssen. Da ihm keine Beteiligung nachgewiesen werden konnte, erwarteten ihn keinerlei Konsequenzen. Gleiches galt wohl für Savannah LaLaurie, die sich wegen ihres Selbstmordversuchs zurzeit befragungsunfähig in der Psychiatrie aufhielt. Die Villa im Garden District bewirtschaftete Neneh derzeit und auf unbestimmte Zeit allein.

Die Ermittlungen im Fall von Taras Entführungen waren abgeschlossen. Ungeklärt blieb, wie es Ben gelungen war, sie unbemerkt aus ihrem Haus und in seines hinein zu bekommen. Den wenigen Spuren und Vermutungen zufolge hatte er gewartet bis es dunkel wurde, sie in den Sack gesteckt und durch die Gärten zur Querstraße geschleppt, wo sein Wagen parkte. Ein Anwohner der Ursulines Avenue erinnerte sich tatsächlich an einen Mann, der recht spät am Abend einen Sack aus dem Kofferraum und in eine Schubkarre geladen hatte und durch das Tor verschwunden war. Der Anwohner hatte sich aber nichts dabei gedacht.

Prinzipiell spielte diese Frage keine Rolle mehr, schließlich hatte Tara sich befreien können. Um die Geschehnisse aufzuarbeiten und damit abzuschließen, hatte sie mit einer Therapeutin gesprochen. Das eine oder andere Mal würde sie diese Frau sicher noch sehen, denn in mancher Minute überwältigten sie die Bilder in ihrem Kopf.

Allen voran die Erinnerungen an den verbrennenden Ben. Sie trauerte nicht um ihn, wie man es von einer Schwester erwartete – in mancher

Sekunde fühlte sie sich merkwürdig deshalb, zu mehr als dem merkwürdigen Gefühl war sie jedoch nicht imstande. Ben hatte einen grauenvollen Tod gefunden, und in ganz New Orleans war man sich einig, dass er genau den verdient hatte. Die meisten Einwohner waren religiös oder anders gläubig und hielten die Flammen für ein höheres Gericht, vor das Ben gestellt worden war, weil ein irdisches Gericht seine Boshaftigkeit mit keinem tatsächlich gerechten Urteil hätte ahnden können.

Die Hendrics hatten sich per E-Mail bei Tara gemeldet und ihr Mitgefühl ausgedrückt, was sie sehr rührte. Außerdem hatten sie geschrieben, dass sie Frieden gefunden hatten. Tara empfand ähnlich. Es war gewissermaßen beruhigend, keinen LaLaurie mehr in der Nähe zu wissen.

Ablenkung und Aufmunterung während der Woche zu Hause hatte sie von Charlene und Kat erhalten, die zu Besuch gekommen waren. Während sich die eine beharrlich weigerte, bestimmte Ereignisse mit Magie zu begründen, fand die andere zahlreiche Erklärungen, wobei die Fantasie wie so oft mit ihr durchging. Kat war überzeugt, dass das Amulett Taras Leben gerettet hatte und einmal mehr stolz, diejenige gewesen zu sein, die es ihr geschenkt hatte.

Tara trug das Amulett nicht mehr jeden Tag, sondern nun ganz bewusst als Schmuckstück. Seit Ben tot und Alexander verhaftet war, hatte es sich allerdings nicht mehr, zum Beispiel durch ein

Kribbeln, gemeldet. Und was ihren anderen Beschützer anging, der hatte sie wirklich beein-
druckt. Rief sie sich ins Bewusstsein, was Shadow
getan hatte, ging es ihr wie dem Erzähler in Poes
Geschichte: Weder konnte sie das Erlebte begreifen, noch sich davon überzeugen, geträumt zu
haben. Julien ging es genauso.

Den Erkenntnissen der Spurensicherung und
Ursachenforschung zufolge war der Brand durch
eine brennende Kerze ausgelöst worden. Mitsamt
dem Halter war die wohl umgefallen, vom Tisch
gerollt und hatte das Sofa in Brand gesetzt, auf
dem Ben, wie man vermutete, einen Koksrausch
ausschlief. Den verdankte er offenbar dem am
vorhergehenden Abend erfolgten Konsum, der
durch die Obduktion nachgewiesen worden war.
Ein weiteres Rätsel gab die Kerze auf, die recht
dick gewesen sein musste und in einem stabilen
Metallständer auf dem Tisch gestanden hatte. Da
dieser von allein nicht hatte umfallen können,
ging man davon aus, dass Ben ihn selbst im
Schlaf umgestoßen hatte.

Tara glaubte das so wenig wie Julien. Er hatte
ihr erzählt, in welcher Pose der Kater vor den
Flammen im Fenster gesessen hatte. Jede andere
Katze wäre panisch und ohne Verstand geflüch-
tet, aber Shadow war die Ruhe selbst gewesen –
und scheinbar äußerst zufrieden war er an der
Szene vorbei über die Straße auf sie zu spaziert.

Zur Erholung von den Strapazen sollte er zumindest in seinem Garten sein dürfen, doch Tara

hatte nicht sofort ins Haus zurückgewollt. So hatte sich Shadow ein paar Tage lang mit Juliens Loft begnügen müssen, seinen Missfallen durch wiederholte Fluchtversuche ausgedrückt, sich aber mit der neuen Umgebung abgefunden und am liebsten in den Fensterbänken gechillt. Das ehemalige Lagerhaus verfügte über eine Dachterrasse, die direkt über dem Loft lag. Julien überlegte, diese ebenfalls zu kaufen, von seiner Mutter begrünen zu lassen und mit dem Appartement zu verbinden. Damit würde Shadow auf seine alten Tage nicht nur einen Garten, sondern auch eine fabelhafte Aussicht auf die Stadt haben. Das Haus in West Riverside würde Tara eher früher als später verkaufen.

Die Studenten holten Tara aus ihren Gedanken. Nach einer abschließen Bemerkung zu Edgar Allan Poes Werken, packten alle zusammen.

Einer fragte: »Feiern Sie während Spring Break auch ein bisschen, Miss LaLaurie?«

Tara konnte das nur bejahen.

***

Seit Tagen hatte es nicht geregnet, und auch für den Abend war kein Niederschlag angesagt. Am Mittag waren die Temperaturen auf warme siebenundzwanzig Grad geklettert, doch inzwischen, mit dem Sinken der Sonne, wehte eine Brise über den Fluss und es war angenehm mild.

Weiß war die Farbe der Unschuld. Tara war in keiner Hinsicht unschuldig, also machte sie keine

Ausnahme und trug Schwarz. Das Oberteil des Kleides war schulterfrei und schmiegte sich durch die Rückenschnürung an ihren Oberkörper, während der geraffte, voluminöse Rock in Glockenform zu Boden fiel.

Zufrieden mit ihrem Anblick drehte sich Tara vor dem Spiegel. Widerrede hörte sie nicht, schließlich gab es keine Mutter, die aus der Farbe ein Drama machte, die Location oder die ungewöhnliche Uhrzeit als Traditionsbruch beklagte. Das war lediglich eine beste Freundin, die wie Tweety auf der Flucht vor Silvester herumrannte.

»Schuhe, Schuhe, Schuhe … wo sind bloß deine Schuhe, verdammt?«, zwitscherte sie.

Tara stemmte die Arme in die Seiten und ließ einen Pump unter dem Rock vorlinsen. »Wo sie hingehören, an meinen Füßen.«

Kat hielt inne, starrte auf den Schuh. »Ach so«, piepste sie und hüpfte weiter. Diesmal zur Kommode, auf der ein paar Schatullen lagen. »Schmuck, Schmuck, Schmuck … Welcher passt zum Kleid?« Sie griff sich eine der Schachteln und versuchte, sie zu öffnen. »Ach, verflixt, ich bekomme das nicht auf!«

Tara hatte sich bereits für silberne Ohrhänger entschieden. Von denen und Juliens selbstgemachtem Ring abgesehen würde sie keinen Schmuck tragen. Auch nicht das Amulett. Als sie Kat das sagte, war die verdutzt.

»Keine Kette?« Sie musterte Taras Dekolleté, das vom geraden Abschluss der Korsage betont wurde, zog eine grüblerische Schnute und legte die Schatulle ab. »Stimmt. Ohne sieht es eleganter aus.«

Tara nahm eine schwarze Clutch. »Gut, dann können wir los.«

»Jetzt schon? Wie spät ist es?« Kat sah auf ihr Handgelenk, an dem sie keine Uhr trug, und suchte dann vergeblich eine Uhr an der Wand.

»Zehn vor sieben.«

»Heilige Scheiße! Wie sollen wir das schaffen?«

»Das schaffen wir locker!« Tara ging ins Wohnzimmer, um Shadow aus dem Garten ins Haus zu rufen.

Kat trippelte hinterher. »Sag mal, hast du Valium genommen? Wieso bist du so gelassen?«

»Weil ich heirate und nicht massakriert werden soll.« Sie ging in die Hocke, um dem Kater, wie er es liebte, hinter den Ohren zu kraulen, stand danach wieder auf und schloss die Terrassentür.

Kat seufzte und wedelte sich mit ihrer eigenen Clutch Luft zu. »Haben wir auch wirklich alles?«

»Was sollen wir denn vergessen?«

»Ach, das weiß ich ja eben nicht! Den Brautstrauß!«

»Steht vorn beim Eingang.« Und war aus roten Rosen gebunden. Eine passende Blüte hatte Julien an seiner Anstecknadel.

Kat grübelte nach etwas anderem, das man vergessen könnte und hätte sich am liebsten die frisch blondierten Haare gerauft, ließ das aber, weil sie beim Frisieren festgestellt hatte, dass es ein Bad-Hair-Day war. Tara fand, dass Kat toll aussah. Sie trug ein gelbes Kleid, das in seiner Feinheit ein cooler Kontrast zu den Tattoos an Armen und Beinen war. Zu den Piercings gesellten sich heute unzählige Armreifen und drei unterschiedlich lange Ketten, die an jeder anderen Frau wie zu viel gewirkt hätten. Nicht so an Kat.

Sie hatte schon vor der Haustür gesessen, als Tara von der Uni gekommen war, und sie mit einem Vogelzeig begrüßt, weil sie sich so viel Zeit ließ. Während Tara duschte, hatte sie alles zurecht gelegt, ihr später ins Kleid geholfen und es geschnürt. Danach war Taras Kopf dran gewesen. Kat hatte die langen, dunklen Haare zu einem lockeren französischem Zopf geflochten und Prosecco eingeschenkt, während Tara für ihren Geschmack viel zu wenig Make-up auftrug.

»Nun beruhig dich doch!«, sagte Tara und zog die Freundin in eine Umarmung. »Wie willst du gleich Auto fahren?«

Kat atmete durch. »Das schaffe ich!«

»Gut!« Tara löste sich von ihr und schnappte sich den Brautstrauß. »Auf geht's!«

Kat hielt ihr die Tür auf. »Ich habe mir ausgerechnet, dass ich eine fünfzigprozentige Chance habe, das Ding zu fangen«, witzelte sie.

Tara musste lachen. »Dann streng dich an«, entgegnete sie und ging zu Kats Auto.

Kurze Zeit später düsten sie über den am Mississippi entlang führenden Clarence Henry Truckway. Der hieß nicht nur so, sondern wurde tatsächlich beinahe ausschließlich von Trucks genutzt, die wegen der zweiten Spur aber leicht zu überholen waren. Kats Nervosität ließ endgültig nach, als im Radio Louis Armstrongs *What a Wonderful World* gespielt wurde und sie beide lauthals mitsangen. Kichernd stellten sie das Auto bald am Woldenberg Park ab – superpünktlich zum errechneten Beginn des Sonnenuntergangs um Viertel nach sieben.

Die kleine Schar hatte sich an dem Fleckchen versammelt, an dem Tara und Julien im September des vergangenen Jahres nach ihrem ersten Spaziergang gelegen und in den Himmel geschaut hatten. Kat gab Tara ein Bussi und eilte voraus zu John, der in Gesellschaft von Charlene, Suzanne sowie Patrick und seiner Familie wartete. Als die drei Mädchen auf Tara aufmerksam wurden, stellten sie sich in Position, um rote Blütenblätter auf den imaginären Pfad, der quer über den Rasen verlief, rieseln zu lassen. Statt eines Priester wartete ein Standesbeamter darauf, die Trauung vorzunehmen.

Wie es keine Mutter gab, die den Mangel an Traditionen bedauern konnte, gab es keinen Vater, der Tara führte und an ihren Zukünftigen übergab.

Besser keiner als einer, der nie ein Vater war, dachte sie und wollte sich auf den Weg machen, da ertönte hinter ihr eine Stimme.

»Hey, Miss PhD«, hörte sie Ethan sagen und sah über die Schulter zurück.

Er hatte sich rausgeputzt, trug einen dunkel-
blauen Anzug, trat neben sie und bot ihr seinen
Arm an. »Fang jetzt nicht mit feministischem Ge-
schwätz an, von wegen, ich würde glauben, dich
aus meinem Besitz in den von Eisauge zu entlas-
sen«, brummelte er mit einem Zwinkern. »Ist ne
rein freundschaftliche Geste, damit du nicht stol-
perst in diesem langen Fummel.«

Tara schmunzelte und hakte sich bei Ethan
unter. Auf dem Weg über die Blütenblätter, die
Patricks Töchter streuten, galt ihr Blick keinem
anderen als Julien. Er sah fantastisch aus: Sein
dunkles Haar war ein bisschen kürzer als noch
am Morgen. Statt des Business-Anzugs trug er einen schwarzen Dreiteiler, ein weißes Hemd mit
Fliege darunter. Die rote Rose leuchtete am Revers. Das inzwischen orangefarbene Licht der
Sonne verlieh seiner Haut einen goldenen
Schimmer und ließ seine grauen Augen funkeln.

Inzwischen verspürte Tara auch ein bisschen
Aufregung, allerdings keine von Nervosität be-
dingte, sondern eher solche, die vom Gefühl des
perfekten Glücks hervorgerufen wurde. Die letzten Schritte machte sie allein, ohne Ethan. Als sie
an Juliens Seite trat, lächelte er und gab ihr einen
Kuss auf die Stirn.

»Du siehst fantastisch aus«, sagte er so leise,
dass nur sie es hören konnte.

»Du auch«, flüsterte sie zurück, blieb noch ein
paar Sekunden in seinem Blick gefangen und
wandte sich dann dem Standesbeamten zu.

Sobald Julien das Gleiche tat, begann der Mann und las einen poetischen Gedanken aus einem Büchlein vor. Zehn Minuten später schloss er seine Rede mit der berühmten Aufforderung.

Tara und Julien wandten sich einander zu und steckten sich die Ringe an. Als er ihre Hand nahm, hob sie den Kopf, um ihm in die Augen zu sehen. Er legte seine freie Hand in ihren Rücken und zog sie sanft an sich. Gefühlte tausend Schmetterlinge flatterten um Taras Herz.

»Mr. Cavanaugh?«, murmelte sie.

»Mrs. Cavanaugh«, gab er im gleichen Ton zurück und küsste sie.

ENDE

ÜBER DIE AUTORIN

Jules Saint-Cruz ist das Pseudonym einer deutschen Autorin, die in unterschiedlichen Genres schreibt. Andere erotische Romane wurden unter ihrem Pseudonym Alexa McNight veröffentlicht.

Jules Saint-Cruz wird inspiriert vom Leben, das gelebt und geliebt werden will. Süß ist es, bittersüß manchmal. Sonnig ist es, doch wo Sonne ist, gibt es auch Schatten. In ebendiese Schatten taucht die Autorin ein und sucht die Storys, die wirklich erzählt werden wollen. Die Charaktere, die sie auf dieser Suche findet, haben Ecken und Kanten; eigenwillig sind sie und in ihren Handlungen nicht immer zu verstehen. Gefunden werden sie in dem einen Moment, der Zweifel aufwirft und das Potenzial besitzt, alles zu ändern - ohne jedoch ein Happy-End-Versprechen zu geben.

Mit ihren erotischen Romanen stellt sich Jules Saint-Cruz der Herausforderung, mehr zu Papier zu bringen als Worte, die eine körperliche Reaktion auslösen. Sie glaubt, dass Sex erst dann wirklich gut ist, wenn er eine Basis hat. Auf dieser Basis will sie ein Kopfkino erzeugen, das die Fantasie des Lesers aufblühen lässt - all dies begleitet von der leisen Botschaft, dass so etwas wie Euphorie und Erfüllung in den seltensten Fällen zu finden sind, wo man sie sucht.

MEHR LESEN

LaLaurie - Purpurne Träume ist Teil 3 einer Trilogie

Weitere Teile sind:

LaLaurie – Dunkle Spiele (Mai 2015)
LaLaurie – Stumme Herzen (Juni 2015)

Für mehr Informationen besuchen Sie mich auf

Facebook: www.facebook.com/julessaintcruz
Web: www.lustzeilen.de

Unter dem Pseudonym Alexa McNight im blue panther books Verlag erschienen sind:

SehnSucht (2011)
NeuGier (2012)
LebensLust (2013)